繁花葬禮

班傑明 著

梳打汽水 繪

目錄

一、她走在美的色彩中

我在夜空下癡迷地望著絮雪飛舞。

忽然想起，學姊自殺那天，也是這樣的天氣。

城市下起了雪，對南方的島嶼來說，是多麼不可思議的場景。可過了許久，我才發現那僅僅是飄落海底的灰白屍屑。

我伸出指尖，卻什麼也觸及不到。銀碎瓣閃閃發亮，然而，一旦靠近，便消逝地無聲無息。

我挪開視線，沿著海底隧道前進，輕步穿越深藍色星空，模樣像是夢遊中的水族。

關於自己是如何，以及為什麼來到這裡，我是完全沒有記憶的，不過仔細一想，似乎也不是那麼重要，所以就罷了。

我繼續往隧道盡頭走去。

無數個我，倒映在隧道的弧狀玻璃上。頭髮太長，長得我幾乎認不出來自己。在黑暗之中，眼底那兩團光點格外明顯，沒有被寂靜吞滅。

我繼續走，不知走了多久。

某些片段的記憶突如其來湧上，那些記憶很瑣碎，雖然很是瑣碎……然而，一旦想起，我就得強迫自己壓抑啜泣的衝動。

那些記憶關於我，關於學姊，關於學姊的死亡。

學畫時，很多人笑我能力不足。但我不在乎，一心一意只惦記著如何畫出更好的作品。然而，即便不斷地臨摹與學習，仍感受不到進步與突破，為此，甚至差點放棄了創作。

我抵抗過，可是呀……最終，還是不得不被迫承認自己的畫中沒有靈魂。

直到遇見了她。

某次，我碰巧見著學姊在校園的湖畔讀詩。倦了，便倚靠著梅木酣眠，落葉飄在她美好的容貌、勻稱的腰身、纖長的臂膀間。眼前頓時浮現了《紅樓夢》中史湘雲醉倒在青板石凳，扇子墜地，芍藥落花覆蓋在她的頸上、肩上、髮上、裙上、扇上，連蜜蜂蝴蝶都忍不住環繞在她四周的畫面。我想，就是那刻，我確信了只有她能成為我的模特兒。

深怕擾醒了她，我躡足靠近，從背包中取出了碳筆，小心翼翼的席地而坐。

她的睡容帶著難以言喻的哀傷、嚴肅。卻同時，滿是憐憫。

「妳好。」我在學姊醒來時，遞了張素描給她。

作品仍有瑕疵，可是眼型與鼻樑極美。而我沒預料到的，是她動起來竟然更美。

我屏息以待，努力掩飾著不安。

「你好。」她酣目惺忪，像隻貓兒瞇起雙眼。

我們就從那一天成為了朋友。

在我的印象中，學姊總愛讀淒美的詩和故事。是個需要吸收大量哀傷來洗滌自己的人。

但有時……似乎又並非全然如此。她也會抗拒哀傷，像是朗讀著那些詩句時，我能隱隱感受她的語調之間，夾雜股纖細的溫柔，輕輕地、緩緩地，對美好事物展現出最幽微的眷戀。

我也知道，很多人愛聽她讀詩，從天真無邪的孩子，到真正的詩人。

至於學姊是怎麼看待我，我只問過一次。

就在她去世前幾個禮拜，我們在海岸線發現了一家滿意的咖啡廳。

那就像一座白色的城堡。

她穿了件淺色連身洋裝，聞起來是白麝香與香草的味道。

自從她參加了讀書會後，變得比較少當我的模特兒。

「前幾天，我讀了一篇故事。」她說：「結局是男主角發明了一個太空艙，將女主角囚禁在裡面，而那狹窄的房間在宇宙中永遠飛行著，唯一的動力來自於她對戀人的憎恨。換句話說，她必須靠不斷憎恨才能活下去。」

「聽起來真的非常哀傷。」

「我只希望，弘熙你永遠不要變成那樣。」

「為什麼這樣說？」

她疲憊一笑：「沒事，只是我忽然想到這些。」

直到現在，我依然未能理解那時侯，她這番話想傳達的意義。

在那幾天後，學姊答應當我的模特兒。

那幅畫，叫做〈在雨天等車的女孩〉。

作畫地點約在我的租屋。

我需要點時間構思。這時候，她便盯著牆壁，那裡貼滿我從各種雜誌、繪本剪下來的圖片。常常呀，就這麼一靜止，就靜止了數十分鐘。

偶爾，她會心血來潮，在空白處以粉筆畫上幾條藍色的魚。

好幾個下午，我看著她的眼睛，腦袋陷入一片空白。在沉澱之中遺忘了繪畫，只顧著一動也不動地凝視著她，時間就這麼因此靜止了好幾分鐘。

然而，她總是裝作什麼事情都沒有發生般，回望著我微笑。

我們持續碰面了好幾週。

直到某天，畫都還沒完成，我就先累到睡著了，醒來時，她已經離開，沒有遺留下任何訊息。

或許學姊不會回來了，我忽然有這樣的預感，於是，我決定封閉與外界一切的聯繫，專心作畫。

我足不出戶地不斷工作，吃著微波食品裹腹，並且將她喜歡的專輯重覆播放了好幾個小時。她說她是個極念舊的人，所以我們會使用唱片。

我在沒有學姊的陪伴下獨自作畫。

正當即將完成時，卻接到了電話，是一位對我而言，不算生疏也不算熟悉的大學同學。他會主動打給我，大概只是那從以前就放不下他人的濫好人性格。

「學姊吞安眠藥自殺了。」

沒想到，我首先湧現的念頭，竟然是學姊的死去和成為畫中的模特兒，這兩件事情是不可能有相關的。

然後，學姊死去那天，我終止了作畫，走出了家門，而那天，也距離她不告而別，整整過了八天。

天空沒有飄雪，但是很寂寥。

城市中我看不到星子，只剩下猶如怪物發亮瞳孔的燈火。

那些回憶自我眼前潰散，我深呼口氣，繼續前進。

繼續在墨藍的海底潛行著。

終於呀……我來到充滿冷冽霧氣的房間，很冷，讓我不禁縮瑟雙臂，試圖摩娑幾分熱度。

房間呈弧狀，四周由玻璃包圍。中央有著如潛水艇大小的獨角鯨骨骸，學姊拿著畫筆和調色盤，坐在心臟的位置。

她正畫著〈在雨天等車的女孩〉。然而，每一筆都像是倒帶的影片般，將紙上的顏料吸回了筆端。

『是弘熙呀，原來，你也在這裡。』

學姊轉頭喚了我的名微笑。彷彿所有最美的事物都融化進了那對眼眸，也包含了一切最憂鬱的事物。

她緩步而至，我卻恍若被收束至時間的琥珀裡。

我控制不了自己的身軀。她拿著畫筆，在我的手臂上繪了一隻獨角鯨。有著用深海藍、暗藍、藏藍顏料繪成的身軀。

胸鰭與尾鰭則沾滿了冰晶與霧氣，有著憂傷且溫柔的眼。頭頂比身體還長的獨角筆直地刺進了左腕，尖端抵著我的脈搏。尾巴則一路延伸到手肘。

我感受到鼓譟的心跳聲，噗通、噗通，莫名地渴望也讓她感受到這股振動。我微張著唇，無聲地吁氣。

妳會在這裡永生吧？我想詢問，話語卻始終僅能懸宕在喉間。

未等到我出聲，她便起身朝著房間的另一頭走去。移動時，她的短髮留下一道天藍色殘影，衣襬就像被浪潮輕撫的水草那樣飄逸。

我匆忙地奔趕上去，卻見她優雅走入水族箱，腳步輕得像是幽魂般，逐漸遠去。明明那麼緩慢，我卻追不上，只能把十指覆在玻璃表面，試圖瞧見她越來越模糊的背影。

我用指節輕叩玻璃，她依然沒有停下腳步。

我用掌心急速拍打，她仍舊沒有停下腳步。

最後，我開始拳頭重擊玻璃。

她停下腳步，在無窮無盡的澈藍珊瑚礁中轉身，將食指輕輕地覆在唇上，嘴角漾起抹狡黠的弧度，便消逝在泡沫中。

原來是夢。

當我醒來時，發現眼角正淌著淚珠，而擦乾後，視線便只剩下明亮不一的灰白。黑，白。

憑藉著記憶尚是鮮明時，我重新畫下了獨角鯨，包括學姊在什麼部位選擇塗上了深海藍、暗藍、藏藍的顏料。

我不眠不休，只怕記憶若稍有磨損，那尾獨角鯨就不再是學姊的獨角鯨了。

一完成，我便立刻請熟識，且從事刺青的朋友，將那圖案紋在了左手臂的內側，刺青時很痛，我的眼眶忍不住淚水。

而在我黑白的世界中，唯有獨角鯨的色彩，鮮明得如宇宙中唯一的星體。

牠就像個擁有國度卻沒有臣民的王者，自由、寒冷、卻孤獨的活著。

或許又睡一覺，我將再度看見色彩吧。

可是，從那之後，我依然分辨不出任何色彩。我望著牆壁的海報發呆，冥眸、睜眼，仔細思索慕夏〈風信子公主〉原來的色澤思索了非常久。

我打算就這麼躺在床上一整天，但不知道過了多久，還是決定起身進了廚房。

從冰箱取出了生菜沙拉還有柳橙汁製作早餐。無論是千島醬、紅蘿蔔、紫萵苣、甜玉米，都成了由不同深淺、明亮構成的線條與方格。

原來……世界真的只剩下了黑白。

『只要看著學姊的雙眼，我的腦袋便會一片空白。』我曾對她那麼說過，但事到如今再也描繪不出來了，關於她的唇、她的鼻尖、她的耳廓……

所有曾經與學姊互動的記憶都倏然斷裂。

而只要想起學姊，我就會痛苦到快要窒息。這時候，我會幻想著自己以第三人稱的方式活著。緘默的靈魂仍在那房間中，置身於獨角鯨骸骨的心臟之處，透過玻璃缸觀望著世界。

失去辨認光譜的能力使我過得很艱辛，連醫生也說不上來原因。

然而，我還是得勉強偽裝成一個正常人。默默地吃著早餐、閱讀雜誌、還有搭公車上學。其中幾次還差點將茶葉和菸灰混在一起。

而最現實的問題是：這樣是無法繼續在美術院校念下去的。

但其實，我反倒鬆了一口氣，彷彿替消沉與衰敗找到了藉口。所以，決定不告知鄉下的父母，選了鬧區的超商打工。

這家店，隱匿在鬧區巷口，樓上是一家有飛鏢機和賣水菸的酒吧。所以大多數時候，都是些穿著火辣，肚臍和耳朵穿滿圈環，剛從夜店出來詢問解酒或提神飲料的男女，次要的顧客，則是總是穿著套裝，匆匆尋覓一頓午餐的上班族。

今天，是我的二十歲生日，也恰巧是到超商打工滿半年的日子。

距離學姊自殺，也過了半年。這段期間，約莫每隔兩、三週，就會有名女子固定來光顧。而她此刻也在這裡。

她有著齊平的瀏海、覆蓋不住後頸的短髮尾、柔順如帥氣鳥羽的鬢角。

她每次踏進超商時，總是先無視其他事物，直直地往陳列日用品的專櫃走去。

到達目的地後，便會取出五個為一組包裝的髮圈，動作華麗地就像是表演撲克牌魔術般：食指、拇指不疾不徐地勾出，優雅地勾回。於是，當你成功地將注意力從那漂亮的指尖轉移時，髮圈已經毫無懸念地落在了她的掌心。

接著，她會像是耳邊響著輕快鼓拍的舞者，踏著探戈似的小步來到飲料櫃前。專注、期待且猶豫不決地掃過每一樣飲料，可是每次到最後，都依舊選擇了麥芽牛奶，毫無例外。

那時候，她的嘴角總會勾勒出一抹略顯得意的笑容。

今天也依然如此。

兜了一圈又回歸原點的意義何在？為什麼要買髮圈？明明一直以來都留著漂亮短髮，也未見她紮過馬尾。

雖然多數時候，工作都挺忙碌的，但我仍無法克制自己不去想，不去花時間猜測，她究竟從事如何的工作？是那些近在咫尺，卻總是被我忽略的服飾店員嗎？或者她還是個學生？也可能只是附近居民？

還有，她的耳輪很美，像是皎白的陶瓷月牙。從穿著、氣質，可以推斷出那名女子或許已都接近二十四、五歲了。然而肌膚卻光滑細緻，彷彿是個才剛滿二十歲的少女。

等我意識到時，女子已經來到櫃台前。

「不好意思。」

「咦？」

我先是手忙腳亂地接過飲料。而她正準備從淡色系的女仕包中取出皮夾。

就在那刻，或許是我首次注意到她竟然擦了指甲油？也或許，是因為這次她選了巧克力咖啡而不是麥芽牛奶。又或者，亦是最有可能的。乃是因為方才正思索的角色倏然出現在面前，使我亂了分寸。最重要的是……

最重要的是，她的影子是彩色的。

店裡是淺灰、墨黑、線條，都無所謂……

我困惑地用力闔眼，張眼，忍不住瞪大眼，進入一種迷離恍惚的狀態。

「嘿。」

她在我眼前揮了揮手掌，叫著流浪貓似地上下擺動。

「哈囉？」

我終於注意到自己失態，但為了掩飾自己的慌張，卻脫口而出：「為什麼妳總是在固定的時間來買髮圈呀，妳明明是短髮呀？」

但是，連話都未說完，我後悔了。女子首先愣了幾秒，輕輕地開闔著雙唇，卻吐不出任何話語。

最後，很戲劇性地，那本如好奇貓咪的眼眶彎成了不解與警戒的角度：「這應該和先生您無關吧。」

她像是為了示威，想要拿出剛好的金額，掏來掏去，卻偏偏無法從錢包中湊出數量恰好的銅板，只好還是尷尬地又掏出了紙鈔結帳。之後，頭也不回地離開了超商。

「等、等等……」

對不起。

但最後，我只依稀記得自己找了女子零錢，卻什麼都沒說出口。隔日上班時，我與同事交談時總是難掩語氣中的不耐煩，一個人獨處時開始沒來由地嘆氣。

她的影子呀，究竟為什麼是彩色的？說不定其實是某種神性的意義或啟示嗎？或者，那其實根本不是影子？

而且為何那女子給我那樣似曾相識的錯覺？但又說不上來忘卻了什麼，就像記憶被強行抹煞那般無從得知頭緒。

還有，聽過昨天那番話後，她勢必不會再光顧這家店了吧。

在學姊去世後，我就未曾這般在乎一個人了。

但沒想到，她隔日又出現了。

這次，她竟未朝販賣髮圈處走去，反倒鬼鬼祟祟地輕步徘徊。

我強忍了幾次偷瞄衝動，試圖裝作沒注意她的存在。

終於，當櫃台空下來時，女子做了誇張的深呼吸，隨手抓了包溼紙巾，戰戰兢兢地走到櫃檯前。

「那個，昨天非常抱歉。」短髮女子說。

「不，別這麼說，我覺得是我自己太沒禮貌了。」

「不然，我、請你喝杯麥芽牛奶如何？」雖然女子這樣說，卻發現自己手上僅抓著溼紙巾時，又焦躁地低下了頭。

「沒關係啦。而且，那個，好像麥芽牛奶從昨天賣完就沒再進貨了，妳是在暗示我該補貨嗎？」

我們凝視著對方。漸漸地，發現了彼此瞳孔的緊張感開始動搖，於是，氣氛不再如預期的那樣尷尬、詭異。兩人忍不住同時笑了起來。

「你為什麼會好奇髮圈的事情啊？」

因為我在乎妳，我差點脫口而出。

「就……好奇而已唄。」

她皺了皺眉，但看起來很是愉快。

「那麼，你真的很想知道的話，以後每次見到我，都可以讓你問一次？」

她笑起來時，臉上倏然出現了有若油墨肖像畫的鮮明色彩，彷彿舊式手繪廣告中，提供誘人條件的動人女郎。

好，我點頭。

「就這麼說定了。」短髮女子笑道。

拜拜，她五指輕拱，揮了揮，小步小步跳出超商。

我難得地微笑了整天。

打工結束後，我的兩名朋友約了聚餐，說是要補慶祝昨日的二十歲生日。

我們約在拳擊為主題的速食店。店中竟有個擂台，而食物卻不太特別。

這兩人，分別是平要與江流兒。

兩人是我在剛上大學時認識的，當時，我還能分辨色彩，也不認識學姊。

他們並不是我的同學。只是因為我剛離鄉背井，為了省錢所以選擇與他人分租套房，可惜僅住了一年，由於屋主的親戚趁著租約到期，想要入住，我們被迫各自另尋住所。

不過，還是培養出了深厚的情誼，而且，我也暗自慶幸搬出去後才有與學姊獨處的機會。

關於和短髮女子的相遇，還有我看不見色彩這件事情，我只有對他們兩個人提過。

不過呢，事實上，我也沒什麼其他朋友好商量了。

平要是名警察。輪廓深邃。我猜他應該混了點原住民血統，不然就是東南亞移民。他的下唇厚實偏紫，體魄既黝黑且壯碩。笑容總散發出一股野蠻、原始、純粹的自信。鬍渣老是刮不乾淨。

他胸前掛了一條項鍊。他聲稱，那來自於曾經在值勤時曾救過他，最後卻被歹徒射殺的狼犬。

可是……若把寵物當作家人，真會從身軀取走一部分嗎？或許這只是個浮誇的玩笑？不過我從未認真開口詢問過這點。

而江流兒則是個白子。由於身體缺乏黑色素，長髮與眉毛恍若蠶絲般白皙。雙眼彷彿時刻溢滿血淚。因此，他總是帶著貝雷帽和墨鏡。我至今仍不知道他的職業。

他總是說：『我並不討厭自己呀，而是如果因此嚇到孩子就不妙了。』所以藏起自己的容貌，也總是會有眼尖卻佯裝不在意的路人，背地中對著他指指點點。

坦白說，最初相處時，我對江流兒外表也頗是畏懼的。

直到有一天，平要恰巧得值勤，於是租屋中只剩下我和江流兒。

我的手機在半夜震動。原來是收到了簡訊提示。我看了眼內容，寄件者是當時的女友。

我讀了訊息後，沒有多想，就走到了客廳。躺在那幾乎沒人會使用的沙發。沒想到，江流兒竟然已經在那裡。盤腿瞑目在幽暗中。

我卻沒有驚訝的心情，只是淡然道：『我被甩了。』

江流兒則回答：『嗯。』

接著，繼續陷入沉默。然後，我就躺在江流兒旁邊，哭了起來。

凌晨醒來時，江流兒帶了早餐回來，竟然是鬆餅。

『哈哈哈哈，你昨天超煩人的。』

我和江流兒都笑了，我們不斷地笑，笑到後來，兩人的聲音中開始有嗚噎的鼻音。

從那時，我就知道異樣眼光並沒有扭曲江流兒溫柔的心靈。這是我們變得熟稔的經過。

吃完漢堡，收下兩人給予的生日禮物後，我再次重提短髮女子的故事。

「看來你對她念念不忘啊。哈哈哈。」平要爽朗大笑：「該不會是長得很像你的前女友吧？」

「不，直到最後，我才知道她一點都不愛我……這讓我受了很深的傷，甚至失去靈感，直到遇見學姊，不過學姊也……」

江流兒輕輕拍了我的肩膀，溫柔地打斷我：「該不會只是故意要引起你的興趣？其實製造這機會很久了。」

平要聳聳肩：「誰知道，天下無奇不有，連髮圈的用法也是，之前我就處理一個案子，有毒蟲吸了毒，神智不清，為了放開雙手騎機車，說是要表演一邊騎機車一邊敷面模，所以用髮圈綁住油門。」

我笑，後來說了什麼都不太記得，總之，結論是都沒啥建設性就是了。

不過，就在當晚，我作了一個關於她的夢。

但嚴格來說似乎又不算。

在夢中，我終於看見了色彩。

我在細絨毛表皮的陌生沙發上醒來。起身時發現天花板異常低矮，好像被某群童話中的小精靈偷帶到森林深處的小木屋。而房間則被塗抹上粉紅、淺藍、淡紫色的油漆，書櫃擺滿各式各樣的填充娃娃，還有小巧精緻的文具。

「你醒了？」

是那名短髮女孩，她坐在沙發底端。小巧輪廓、挺立雙肩、白襯衫、耳環、項鍊都和記憶中相同精緻，可是，卻留了一頭長髮。

「唔……」

「我跟你說哦！」她伸出兩根夾著藍色髮圈的手指，那模樣，雖然和平常從櫃子上取出髮圈的姿勢如出一轍，此刻卻散發著某種哀愁與壓抑終於獲得抒慰的渴望。

「我們正在獨角鯨的肚子裡呢。」她說。

「什麼意思？」

夢境乍然停滯。我走到廚房，沖泡了杯即溶白咖啡，發現那夜月亮超乎想像的巨大。

喝完即溶咖啡，便忘記了夢中的後續。

要是剛起來時，有立刻把後續記下來就好了……

從此，我習慣隨身攜帶小本筆記簿，每當想到有關於髮圈的事情，就立刻寫下來。

世界依然是黑白的。

我看了醫生，醫生說詳情他也不清楚，或許是某種心因是後天色盲吧。主要還是心理作用。

若非真發生了在我身上，我大概也不會當回事吧。

不過，倘若真是因為學姊的關係，那麼，我也束手無策。專輯海報、建築、電影，都只剩下了黑白色塊……變得更難判斷一個人是否發自內心對我微笑。

上班的時候，掛在超商牆上的時鐘是白的，分針、秒針是黑的。

「妳其實是個老師，會躲在教室後方拿髮圈偷射不乖的學生，而且因為妳是短髮，不需要髮圈，所以不可能有嫌疑？」

「怎麼可能。」她嫣然一笑。

我又在筆記本上劃掉了一個選項。用來綑綁各式各樣的東西、代替橡皮筋、玩翻花繩、護士應急時用來止血都猜過了。而紙上也畫滿了各種髮圈蜷曲、拉開、旋轉、放鬆的素描。

我還為此買了包髮圈，只要有空就會拿出來把玩。

有時候，我甚至會躺在床上一動也不動地凝視著髮圈長達數十分鐘，想像著那女子用雙指夾著髮圈的模樣。

就這麼持續了一陣子，我甚至幾度習慣了黑白的世界。於是，開始練習起了炭筆素描。

就在某天，她的氣色很糟糕，黑眼圈幾乎要吞噬了那對狡黠雙眸。本如璀璨流彩的「影子」，也不再若初次見著時澄澈，而變得像團又灰又濁的霧氣。

我本想詢問，卻又怕多事，只好故作輕鬆地搭話：「該不會其實妳是個女巫，總是用髮圈把仇人的頭髮捆起來，放到小草人上施法，昨夜因為遇到強敵，鬥法鬥到精疲力竭？」

「啊？」

她傻愣望向我，微微傾斜脖頸，困惑眨了眨眼。

影子轉為空白。

我不禁吞了口唾液，覺得情勢有些尷尬。不過——

「哈哈哈哈，那你不怕我對你施法，說不定你收到的紙鈔其實都是樹葉喔！」

「哈哈哈哈。」我乾笑著。結帳時，留意到了女子兩手背上都包紮了紗布。

「但是……。」她垂下了眼睫：「我說不定，真的是魔女喔。」

我說不定，真的是魔女喔。

從那以後，我常幻想她在滿月之夜，披著鮮紅的斗篷，把收集來的頭髮用髮圈一束束捆好，像是戰利品那樣放在細長的玻璃瓶，整齊地置於有著溼青苔氣味的地下室展示櫃。只要將視線穿越黑暗中的燭光，凝視著那些髮，她就可以知道陌生人的過去、現在，還有曾經可能或永不可能的未來。

然後，在無數囚禁各種記憶的瓶子中，最新、最外圍的那瓶，則貼了標籤，以優美筆跡寫著：「便利超商的年輕男店員。」

至於她手上的包紮，是因為被貓抓的嗎？說不定她養了一隻哀傷的黑貓，替她看守那些曾經連結某人思緒一部分的髮束，而牠日日夜夜作夢受其影響所以性格暴戾異常，只要女子沒有準時撫摸、逗弄、取悅，她就會被留下那些自戀、殘忍的爪痕。

除此之外，我也默默替她取了個綽號：卡珊卓。預言特洛伊將遭木馬屠城的女巫。然而，當我賦予女子暱稱後，越來越著迷地想湊近她。

她本如藏盡黯夜的眼眸，忽然像是被施展了法力般，產生了水紋般妖媚且幻美的光澤。等我注意到時，背包幾乎已經塞滿了大大小小、直開的、橫開的、廉價、昂貴、皮製封面、紙製封面的筆記本。

我從我的素描中，察覺她有個不經意的習慣，猶豫時會把玩耳墜。我很喜歡那動作，彷彿一個想更清楚傾聽對講機的太空人。

裡面除了寫滿髮圈，也記錄了女子種種。繪著她留了長髮紮成馬尾的模樣；還有專心思量著要買什麼飲料的模樣；還有披著斗篷的模樣。

之後幾次，當她來結帳時，我都故意翻到畫有女子側臉的那頁，佯裝不經意地誇張展示，而她瞄到了，我確定，可始終裝成無動於衷。

我們不太聊天，多半她都只是靜靜地報以淺笑，我難解其意，啊……我想即便現在能看見色彩，大概也依然猜不透她的心緒吧。

就像我永遠無法理解學姊。

「吶，你大學時讀了什麼？」那是從我們開始交談後算來第二個月，回想起來，那似乎是女子唯一一次主動詢問關於我的事情。

「我讀到大二就休學了，是學畫的。」

「哦……」

然後，沒有然後了。或許她是無意的，不過，這反應卻輕輕地刮傷了我。像是自己毫無保留地暴露出了愚蠢。也就是在那次談話之後，我決定，如果再猜錯一次，就不猜了。

可是，轉念一想，為什麼總要把她往憂傷、嫣然、顛倒、帶有悲劇色彩的方向聯想呢？作為介於認識與陌生人的身分，我應該多寬容點，說不定女子的真實身分是個半夜打擊犯罪的蒙面英雄。

房間整面牆壁都用大頭針釘滿了嫌疑犯照片，然後幾個月來，她會打扮成像是漫畫中的蝙蝠女，在城市陰影間隱匿、潛伏、穿梭。偏偏卡珊卓的性格卻又如古裝劇中的黑衣神祕俠女，豪邁且嫉惡如仇。

往往發現了線索，還要壓抑著性子，用各式各樣的髮圈勾在那些大頭針上，掛上寫有「嫌疑犯」、「頭目」等字樣的小紙片，每晚焦慮的托著下巴來回踱步，又或者，她會將地圖的兩個黑幫據點刺上圖釘，用搶眼的紅色髮圈綁在兩頭。以電影中主角朗誦臺詞的帥氣腔調說：「抓到你們了。」

至於手背上傷痕，正是她在使用飛刀時，不小心遭到高達兩米的巨漢保鑣用撞球桿打傷的。

當我遭某種慢速、且有著陰柔曲線，沒來由地哀傷侵襲時，就會幻想著披著鮮紅斗篷的卡珊卓正透過玻璃瓶凝視著自己，眼中盡是哀憫。

又或者，她會揭發那個，總是藉由辱罵我們宣洩怒氣的店長，其實是某個龐大地下運毒組織的藥頭，適時地讓那可恨的人獲得報應。

或者，她將能引領我離開那哀傷的鯨魚骨骸。

最後一次。

「妳有養貓嗎？是不是有隻毛長長的貓咪，妳喜歡在牠身上綁滿鈴鐺和蝴蝶結，有時候，牠就會像是棵移動的聖誕樹在家裡跑來跑去？」我一邊說，一邊將髮圈纏在指尖，假裝綁了一個鈴鐺。

她淺笑，溫柔夾雜著幾分哀愁的：「很接近囉。」

然後，她不再多語，轉身離開了超商。那背影，沒來由地讓人感到落寞。

我又搞砸了吧……

我想將筆記本放回背包，卻不小心失手，讓裡頭的筆記本灑落一地。多麼令人厭煩，但我還是收拾了起來，把同樣大小的疊在一起。

零散得令人困擾，我順手拿起放在櫃檯上的髮圈，綑了起來。

忽然，我領悟了什麼：「用髮圈把所有的筆記本綑好」，那神祕的女子亦是如此嗎？似乎猜測「綑綁東西」時，偏偏遺落了筆記本這個選項。

顧不得正在值班，我朝著女子離去的方向追了出去。

如果真的成功猜到答案，接下來該如何是好？代表我們的話題就此結束了嗎？還是，將會是另外話題的開端呢？

在附近的公園見到她時，我慢下了腳步。她坐在公園的階梯，和另外一名長髮女子並肩靠著欄杆而坐。可惜是背對，所以我無從得知兩人的神情，只能隱約望著長髮女子的高窕綽影。

她穿著男用襯衫，普魯士藍衣領立得筆挺。

短髮女子拆開了剛買的髮圈，細心地替長髮女子綁好頭髮，每個動作都那麼精巧細緻，好似在對待一尊極其脆弱的藝術品。

然後，她們濡溼、柔軟、且緩慢地吻起了彼此。彷彿世界上只剩下兩人。

我看得獃默了。

「你這蠢蛋在期待什麼……」我故作瀟灑地撥了撥零亂的瀏海，在心中乾笑了幾聲，準備轉身離開。

可是——

就在此時，長髮女子歇斯底里地咆哮了起來。她像個癲狂的舞者推開了戀人。扯斷了髮圈，胡亂地揮舞起雙手。

她搧了短髮女子巴掌，口中似乎咒罵著：「然後呢？然後呢？」

而卡珊卓卻不發一語，將她擁入了懷中，輕輕拍著背安撫著。再一次，拿出了髮圈替她綁好了頭髮。

於是，她又扯斷了髮圈，於是，她又溫柔地替她綁好。等長髮女子情緒平穩下來時，盒子已經幾乎空了。

等她們再次擁吻彼此前，我已經轉身離開了公園。還是看不見任何色彩，雖然才剛下午，卻非常想喝烈酒，那麼乾脆翹班，或者甚至辭掉工作回家吧。

那一刻，強烈憂傷的念頭襲來：假使學姊還活著，還在的話，此刻的她，到底正在做什麼？還有，她為什麼要吞那麼多安眠藥呢？

我想像學姊潛伏在水底，環繞著樹枝狀的血紅珊瑚，化身一尾人魚，吞噬著七彩的魚卵。就像是魔咒重新被啟動，我感到周遭如碳筆勾勒的景物漸發模糊，接著，宛若被浪潮捲走的沙堡，迅然消逝，自四面八方湧現出了近乎透明的淺藍海水，一根又一根的骨骸再次籠罩住世界。

我在鯨魚心臟的位置蹲了下來，放縱地任由淚水流著。

二、成為一滴藍色的鹽而落下

兩周前，雪姿處理完了雙胞胎妹妹的喪禮。

妹妹自殺的那天，她夢見天空下起了雪。

酒吧正播著Hurts的〈illuminated〉。燈光暈黃，空氣中瀰漫著酒精、可樂、還有香菸混雜在一起的氣息。雪姿獨自坐在吧檯，喝著名為〈旅途者解藥〉的調酒，反覆思索著胞妹自殺的理由。

她輕輕地攪著湛藍色液體，托著臉頰淡然地發愣。沉默時的模樣顯得更加冷傲與不耐，彷彿對她而言，世間一切都厭煩至極。

霎時，她閃過個念頭，一個人死前的掙扎會是什麼樣的姿態？如果作為舞蹈，什麼樣的人會願意成為觀眾？

同時，她透過玻璃杯察覺到了一名女子。

那是名短髮女子，正坐在啤酒櫃前讀書。

穿著使人聯想到薰衣草田的連身洋裝，戴著同色系的耳環，桌上則放了瓶精釀啤酒。和店裡的旋律格格不入，卻又適合得難以形容。

那在喧囂中無動於衷地專心讀著書的側臉，瞧上去，像是個忘我的孩童。真是個澄澈的人，雪姿心想。忽然，短髮女子闔上了書。

接著，獨自低聲啜泣了起來。

令雪姿詫異的，並非突如其來流淚的舉止，而是她深鎖的眉頭、紅潤的眼眶……看起來和亡逝的胞妹多麼神似。

歌曲在最後一個音符停了下來，酒吧頓時陷入短暫靜謐。

「妳……還好吧？」雪姿靠了過去。

「啊，抱歉。」短髮女子點了點頭，擦乾了眼角的淚珠：「一時太入迷就……沒辦法克制自己。」她抬起頭來，露出爽朗的笑容。

而當短髮女子笑起來時，又與方才模樣判若兩人，一點都不像雪姿那纖細、柔美、卑弱的雙胞胎妹妹。

「妳看了什麼？」雪姿問。

她指了指書封：「《晚安，親愛的王子》。」

這句話……是莎劇哈姆雷特的名言。雪姿認出來了，她接過短髮女子遞來的書本。簡介提及內容是在悼亡父親的死去。

「看了介紹，感覺妳也會喜歡《如今妳的世界永遠是黑夜》。」雪姿道。

「妳有那本書嗎？」她拿回書。

「嗯。」

「我請妳喝一瓶啤酒，下次借我好不好？」

「不用了啦，那酒的錢都夠妳買一本新的了。」

「那一瓶兩本剛好！」短髮女子淘氣笑道，眨了眨單眼。

「好吧……」雪姿苦笑：「我是雪姿。」

「暮嫣。」她說。「我叫暮嫣。」

「妳一個人嗎？」雪姿問。

暮嫣再次露出那樣淘氣的笑容：「這是我叔叔的酒吧，有時我會來這裡看看書。」

從那之後，兩人便常常在酒吧碰面。偶爾，老闆心血來潮時，會手沖昂貴的咖啡豆給兩人品嚐。

她們時常從午後聊到深夜，從深夜聊到黎明，從街角歌唱的英俊藝人，聊到雪姿曾一人利用火車環遊歐洲的經驗。二人有時如年幼的少女調笑著，有時又僅是默默品嚐著威士忌，雪姿偏好泥炭味較重，而暮嫣卻是喜歡香草味。

「我是個舞者。」雪姿毫不在乎地說。

「我是個研究生。」暮嫣舒服地陷進沙發回答。

暮嫣喜歡端詳雪姿的側臉，她彷彿生來便是那樣優柔且鬱鬱寡歡。有著宛若流星的烏黑細眉與白瓷色雙頰，總是漫不經心地輕咬著紅唇，宛若置身事外地發呆，一點都不在乎他人目光。

而不只如此，暮嫣同時也熱衷占星術、塔羅牌，卻缺乏天份與概念。而雪姿，則是精通此術，卻毫無興趣。

而暮嫣送給雪姿的第一份禮物，即是她自己親手繪製的塔羅牌。所有圖樣都在描繪海洋。

當她們在圓桌鋪排塔羅牌時，總會有人忍不住偷瞄與圍觀，甚至上前搭訕，從打扮成龐克的少男少女，到老練的情場浪子，似乎沒有任何一個進入酒吧的人不渴望引起兩人注意。

關於此事，暮嫣往往溫柔回應，雪姿卻總未吭響。

雪姿只消瞪一眼，人們就會退卻。可是，在暮嫣眼中，前者孤傲，帶著創傷與苦楚的氣質，反而透出某種中性的奇異魅力，讓愛慕者更加癡戀。

至於雪姿，在認識暮嫣之後，夜裡夢到妹妹的時間少了。

連她自己都覺得不可思議。

就在認識的第五個星期，雪姿邀請了暮嫣到家中作客，共進晚餐，還有挑選想借閱的書籍。

那天下午，暮嫣從叔叔酒吧偷搬了一箱修道院啤酒，藏在有著丁香花瓣妝點的行李廂中。

雪姿在門口看見她奮力地拉著行李廂擠出計程車時，忍不住笑了。

暮嫣徘徊不前，頻頻輕觸淡紫耳飾。有點拘謹。

「嗨。」暮嫣僵硬地揮揮手，不太確定地靠前了一步。

雪姿半張臉被屋簷的陰影遮蔽：「嗨，進來吧。」語畢，頭也不回地往屋內走去。

雪姿親手做了燉湯，一進門便可聞到貝類與蝦的香氣。用餐時，兩人幾乎喝光了半打啤酒。或許是因為飲了酒，也或許，她的心情真的較為愉悅。雪姿比平時來得健談許多，不過呢……即便滔滔不絕，卻都是些無關緊要的小事，像是阿姆斯特丹新舊教堂的差異。而暮嫣則樂於傾聽。

餐後，她們又掃光了剩下的啤酒。

「妳有兄弟姊妹嗎？」暮嫣指尖勾著玻璃啤酒瓶，坐在大理石桌邊緣，露出了如夏日淡夕般倦懶的美麗眼色。

「有個雙胞胎妹妹。」雪姿起身，朝廚房走去，準備研磨咖啡。

「這樣呀，我也有個弟弟。不過最近忙著試鏡，所以成了個脾氣暴躁的小傢伙。」

「要糖或奶精嗎？」廚房傳來了夾雜著機器運轉聲的回應。

「沒關係，我不用了。」

「嗯。」

雪姿端了兩杯咖啡回來。叩、叩。陶瓷茶杯正因微微顫抖而發出聲響。

「謝謝。」

她們的十指短暫接觸。

暮嫣接過咖啡：「妳的妹妹呢？雙胞胎的話應該和妳一樣美吧？」

雪姿默然片刻，整理思緒後說：「自殺了，吞安眠藥。」

「啊……」

「妳一定再想，都什麼年代了，竟然還有人能夠吞安眠藥自殺吧……劑量都那麼低了？還有要去哪裡拿到那麼多的安眠藥……要忍耐多久，去看幾次醫生，才能累積到那麼多劑量。」

雪姿語帶笑意，卻面無表情。又濃又密的睫毛彷彿格放電影，上下慢速搧動。

暮嫣沉默了下來，她凝視著眼前的女子不發一語，思維漸漸模糊。可是雪姿冷冽的表情，彷彿僅止於陳述一項無關緊要的瑣事。她一時想不到任何足以撫平情緒，或者逗人發笑，或者轉移話題的軼聞。

忽然，她發現了雪姿溼潤的雙眸深處，浮現了座將記憶淹沒的神祕之湖。她們也忘了，當初是誰主動先吻了對方。

但心底卻很清楚知道，她們並不是因為醉了才想吻彼此。

隔天，暮嫣就帶著裝滿衣物的小行李箱，住到雪姿屋下。

她們很喜歡泡在浴缸時唸詩給彼此聽，尤其是暮嫣，非常喜歡林泠的詩：「淺淺的憂鬱，淺淺的激動與寧靜。如同我，在五月，五月的一個清晨，將楓葉的紅與海洋的藍聯想。你曾見過它的形體麼？那延伸於牆外的牽牛花，像我的詩篇一樣，野生而不羈。而你，你曾聽過它的聲音麼？在氾濫的無定河邊，水流泠泠……」

念著詩篇時，暮嫣會用雙手撫摸過雪姿溼漉的每寸肌膚。

她嬌小卻堅挺的乳房、濃密的髮根、結實細緻的小腿。最後，停留在她的五官，反反覆覆，反反覆覆的愛撫著，彷彿為了確認，這一切是真實存在著。

之後，她們會將所有的書翻到最喜歡的段落攤落在地上，擦乾身子後隨意地打滾，喝著麥芽牛奶談天。

暮嫣的身體不如雪姿好看。

胸部一高一低，手腕與手掌都很嬌窄，臀弧與腰卻緊緻有力。但肩膀看上去因長期勞作而顯得疼痛。

而腳底和指底，就像被削過一樣平整。

偶爾她會因此缺乏自信，但常告訴自己沒關係的。

有次，暮嫣對雪姿說：「我覺得女人最美的衣服是婚紗。而且我說的是為了婚禮而穿的婚紗，雖然，有一天，或許我會想和妳結婚，雖然可能很難，但……我還是相信有一天可以達成的。」

雪姿皺起了眉宇：「那我呢？要穿西裝還是婚紗呢？」

「妳要赤裸著呀。」暮嫣倩笑。

雪姿站起了身，背對著暮嫣說：「那妳可是會被全世界笑話有了個被看光光的愛人。」

「我不在乎。」

「我應該還是會在乎？」她甩動及腰長髮，側身瞧著暮嫣。「或許？還有那為什麼我要裸體？」

「因為呀，根本不用把妳歸類成女人，或歸類成男人呀，妳就是妳，就是我的愛人。妳的肉體本身就是靈魂的外衣靈魂的殼。」

「但妳還是個女人？」

「對。」

「聽起來真不公平。」雪姿又再度背對暮嫣。

曾有段時間，她們是真的非常契合。

也喜歡說些摸不著頭緒的對話。幾個月的相處下來，暮嫣漸漸熟悉了雪姿，也漸漸明白，她是個擁有許多未知謎團與乖戾性格的人。

才同居幾個月，暮嫣幾乎就閱盡雪姿所有藏書。然而，與她那凜然，教人癡迷的容貌成對比，雪姿的書竟然多半都是童書，或者青少年故事。

頂多有一、兩本關於死亡與憂傷的詩集。以及收藏在櫃底或櫃頂的深海攝影書。

最後，她從《魚類圖鑑》中意外找到了日記本。

暮嫣遲疑許久。因為她曾被自己弟弟說過，是個溫柔到不可思議，近乎完美的人。卻偏偏……克制不了自己偷窺他人過往的慾望。

這樣的習性，即便是出於母性，也讓人難以喘息。

最後，她還是不動聲色的放回原處。說服自己那是她不應觸碰的事物。

又過了幾週。

有次，雪姿在夜中哭著醒來。

聽到動靜的暮嫣走到了床頭，輕撫著她的背。

「不要憂心呀！沒有什麼是真的會讓人一直傷感下去的。」暮嫣淡淡地說，在夜燈旁的身影恍若一縷幽魂，雖然笑得那麼溫柔，眼神卻非常無可奈何。

接著，她替雪姿哼了幾首旋律溫柔的慢歌。

然後，哀傷地看著雪姿吞下更大量的安眠藥。

某個下午，雪姿排舞前，抽空約了暮嫣在公園聊天。暮嫣買了髮圈與麥芽牛奶，細心地替戀人整理好了馬尾。

等暮嫣注意到時，雪姿正大口吞嚥著藍色安眠藥，彷彿那只是孩子的糖果零嘴。

「妳在做什麼？」暮嫣詫異喊著，搶過雪姿掌心剩下的藥丸與塑膠袋。

「還給我！」雪姿聲音不大，語調卻冷酷無比，雙臂緊緊地抱著自己肩膀。

「不給！妳等等排舞受傷怎麼辦？」暮嫣退了一步，更捏緊了手中藥丸。

「那些藥物可以讓我沉靜下來。」雪姿字句透出了超乎尋常的清晰與壓抑。

「這樣下去妳的身體遲早會受不了！還有，妳吃了這個還上街？妳光是走路都會搖晃了……」

她伸出顫抖前臂，想要抓回裝了藥的夾鏈袋，卻恍恍惚惚身形不穩。

「然後呢？然後呢？這樣癲狂的活著？」

雪姿猛然揮掌打了暮嫣的臉。

而這也並非雪姿第一次對暮嫣施暴。

暮嫣忍住眼淚，若無其事地抖下沾著的沙子，神色難以言喻的飄渺不定。

她穩身，凜然瞪著雪姿，半是堅強，半是哀憫。不過，卻喃喃低語，仍安撫著雪姿。

「沒事的，沒事的，我們回去吧。」

接著，暮嫣又說出了更多夾雜著安慰、哄騙、誘導的話語。可是呀，其實，雪姿的目光始終沒有集中在暮嫣身上。

暮嫣深深嘆了口氣，憂愁地輕撫自己額角。

人生並不是一本書或者一場電影，當厭惡不完美或者乏味的劇情時，就可以捨棄與擱置的。也不是損壞、髒污的人偶，不喜歡時丟棄就好了。會好的，所有靈魂都是可以修復的。

每當痛苦時，暮嫣總是這麼想。

雪姿的情緒終於平復了下來。

「我還是要去練舞。」她說。

「我很好。」

「不……」暮嫣拉住雪姿衣袖：「這樣很危險。」

「走開。」

雪姿揮開了她的手，試圖保持平衡地往前走。而暮嫣瞧著她離去的背影，心想，那身形雖如軍人般削挺，可是，終究只是個武裝起自己的女孩。

與雪姿分別後，暮嫣決定要將屋中所有的安眠藥藏匿起來。

收拾好以後，暮嫣坐在客廳讀著《如今妳的世界永遠是黑夜》，下起了雨，細細微微，一點一滴，自玻璃窗滑落剔透水珠。

直至天晚，溼漉漉的雪姿回來了。一進屋，她甩開鞋與提包，粗魯地脫下舞服，無視看書的暮嫣，翻箱倒櫃地尋找那些藍色藥丸。

壁紙、書背都被雪姿身上甩出的雨水弄得潮溼不堪。

「不見了？」

雪姿倏然放聲叫喊。接著是各種物體摔飛的聲響。

她將一本本詩集砸向牆壁，拉扯抽櫃整齊摺疊好的衣物，大力搥擊桌椅。

暮嫣心臟怦、怦、怦地劇烈跳動，但仍極力維持淡定。

終於，雪姿倏然止住動作，她轉頭望向暮嫣，跨步來到跟前。

「把藥還給我！」

她又搧了暮嫣耳光，但這次並沒有那麼大力。

暮嫣沉默望向雪姿，就像望入一片海洋。

雪姿再次歇斯底里咆哮：「妳聽不懂嗎？我說過了，那藍色的安眠藥對我的重要性。」

暮嫣的臉頰疼痛無比，卻不願退縮，以少見的篤定口吻道：「妳不可以再這樣下去了！妳每天食用的那些量足以殺死妳！」

「混蛋！」雪姿低咆。「還給我。」

「不要。」

雪姿以掌心敲了敲自己腦袋，隨意套了件洋裝，踏著階梯下樓，獨自消失在暴雨街道。

暮嫣望著雪姿蜷伏在地的衣服，恍若某種生物剛褪下的外皮。

「睡一下吧——」她閉上眼，心想：「睡一下吧。」

但徒勞無功。剎那，她想起了被遺忘許久的日記本，於是翻了出來。

「竟然真的還在……」暮嫣顫抖翻開封面。

筆記本有著兩種不同筆跡，其中差異並非潦草與整齊，而是如兩個不同人所寫。從標示日期推斷，應是雪姿自胞妹死後隔日開始記錄。

從日記中，暮嫣得知了雪姿的過去。

雪姿深愛著雙胞胎妹妹深愛到簡直癡迷的地步。

她們長髮高挑又冷漠，彷彿那些美麗皆是天生俱來，無需成長與鍛鍊的。五官完美，如終生鑽研技藝的大師所雕琢。令人難以置信，這樣的一對雙子是出自塵世而非神祇。

兩人形影不離，興趣、喜好、髮型、穿著，甚至連怪癖都一樣。簡直連父母都快無法分辨她們零碎且幽微的差異。不過，對於任何人而言，她們乍看相同，長久相處後，又能隱約感受其無從言喻的不同，這正是兩人最美且難捨之處。

不僅僅於此，最令人愛憐的，是她們乖順，擁有良好教養。卻也同時狡黠、調皮。抿著唇笑的模樣，可是遠比呆版或惹人枯燥的乖學生有魅力許多。

妹妹浪漫又熱情，不過用功程度輸了點給姊姊。當時，她正沉迷於有著華麗樣式的塔羅牌，其中最為愛不釋手的，是以人魚來作為大阿爾克納風格的設計。

所以要期末考時，無心準備的妹妹不得不耍詐。

「姊姊，拜託幫幫我嘛。」她撒嬌時會嘟起前唇，這舉止呀……拿捏不當就顯得虛假了，偏偏，她卻是會使人覺得甜膩地恰到好處。

而雪姿，雖然有時也會覺得自己疼愛妹妹疼愛得有點過火。不過，她還是為了掩護那在及格邊緣的分數，硬著頭皮，答應在考試時與妹妹交換座位。

當天，竟無人察覺，又或者，只是這兩名少女太美了，無人忍心傷害她們。

交出試卷後，她們頭也不回地手牽手奔進了廁所，一股因罪惡而湧出的新鮮感驅使著她們出汗、大笑、狂喜。她們一人靠著牆，一人靠著門，望著彼此的大腿如牛喘息，像是搶完銀行的共犯爽快地放聲大笑。

「成功了欸？真的成功了！」她在廁所大叫。

「噓！小聲一點啦！」

兩人視線不斷游移。

「妳有注意到嗎？監考老師不斷在偷瞄我們欸！」

「嗯，沒有。」

「哈哈哈，超刺激的。」

「嗯。」

「他們深信，我就是妳。」

「也或許，我就是妳。」

倏然，她們在彼此的瞳孔中看見了自己，而某種超乎常人，戀人，友誼、姊妹的情感如縷旋舞的白煙瀰漫於兩人。

鏡子中如出一轍的面孔簡直是兩個不同平行宇宙的自己相遇，那刻，她們開始深信了兩人正是彼此，正是某種不同時間軸回溯跳躍的單一靈魂。

「若真能永遠如此，將多好。」她們這樣告訴自己姊妹。但雪姿知道，即便是同個靈魂，在時空不容止息的斷片中，也不可能無所改變。

有時她們會心血來潮地邀請對方辦場舞會。那是兩人最隱密、愚蠢、純真，卻貼心的祕密。她們會趁父母不在時，偷拿出父親木櫃所藏的紅酒，倒在日式小酒杯，然後擺出所有布玩偶，並用她們喜歡的男星名字喚那些娃娃：馬龍白蘭度、詹姆士迪恩、基努李維、帕西諾、伊薩米勒等等。打開電視，學著碧娜鮑許的舞步，些許笨拙地力求一致，倘若真有人能見證那祕密的聚會，會發現除了稚嫩與青澀中，隱隱透出了天份。當時，她們才國中，一個飲酒稍嫌過早熟，扮家家稍嫌幼稚的年紀。

雪姿喜歡跳舞。而唯有洗澡時她被容許獨處，那時，雪姿便會學著電影中的芭蕾舞伶旋轉、展臂、旋轉、踢腿，以娉婷優雅胴體為中心，將如斜落雨滴的水珠，灑在磁磚、衣籃、洗手檯上。

而她們這股近乎自戀的情節持續到了高中。

在同個班級，她們一起喜歡上了某位男孩。

他的肌膚比女孩還白皙，總是躲在角落低著頭，晃著纖細手腕在紙上塗塗抹抹。雪姿曾佯裝路過，偷瞥了他的畫一眼，是海洋，無邊無垠的湛藍，然僅繪著浪潮和寂靜，沒有任何生物。

雪姿與妹妹還常會瞞著父母，夜半不眠，縮在被窩中，談論如何擄獲那男孩的心直到天亮。

可是，剛升上高二不久，老師就宣布男孩要轉學了。離開前幾天，他留了張短短的字條給雪姿，說喜歡上了雪姿。

那封信寫著：「我覺得妳的雙眼美麗絕倫，像是靛藍色的海洋。藏在那平靜的水面下，躲著豐沛無比的情感。」

她寫了很長很長的回信，最後寫道：「為什麼是我？我們兩個一模一樣，為什麼選我？」

「妳們一直以來都是完全不同的兩個人。」他說。

回家後，雪姿立即與妹妹分享。沒想到，妹妹反應冷淡，只是溫柔笑道：「恭喜妳呀。」

雪姿沒有對此留心，可是，最後她也並沒有和男孩在一起。

隔天，妹妹剪短頭髮，而且買了素描本，開始畫起魚。

她開始畫著各種的魚，金魚、海帶魚、鰻魚、獅子魚、鯊魚、魟魚、紅龍、鮭魚，淡水的、海水的、熱帶的、溫帶的……

直到快要畢業時——

「姊姊，我想去上美術學院。」她說。模樣很焦急，不斷地翻著隨身小筆記本，試圖向姊姊證明自己與眾不同的天賦。

「別急，我都看過了。」雪姿溫柔的說，她拿著一疊疊筆記本，懊惱了起來。「媽媽那裡，我會說服的。」她皺起了眉頭，一時興起，拿出了自己綁馬尾的髮圈，整理好了筆記本。

上了大學之後，雪姿就變得很少再見到妹妹。至於自己，則是成了名舞者。

但她們從未斷過聯繫，常捧著話筒到很晚。

「姊姊，我最近讀到一首詩喔，大概的意思是：我喜歡你沉默時的樣子，彷彿你死了或者已經離開。」

「聽起來是首很哀傷的詩，妳為什麼喜歡？」

「因為反面來說：當我死了，或者離開了。希望妳只是假裝我還是在妳身旁，只是沉默著。」

雪姿的妹妹對於繪畫有著無可限量的天分，在學校成了一個大放異彩的名人。不久前，她才又以甜美、稚嫩的鼻音，對姐姐說：「我今天被一個學弟告白了耶。」

據妹妹描述，那學弟很像當年與雪姿告白的男孩。

很像那名高中時愛畫海洋，雪姿與妹妹同時喜歡上的男孩。

「她還邀請我當他的模特兒。」她說。「他挺可愛的，第一次見面的時候，我在樹下睡著了，他就等著我醒來。」

「嗯。」

除了他，雪姿曾聽聞妹妹在電話中提及創作的經驗。

「姊姊，我從不用黑色作畫的。」

「為什麼？」

「我要效法雷諾瓦，他說黑色不是顏色，所以他的畫中都用普魯士藍來替代！」

「很好呀。那些黑，原來都是普魯士藍。」

「不過，關於作畫的獨特性，我覺得還需要花點時間尋找屬於自己的位置。」

「什麼意思？」

「傻瓜，當然就是字面上的意思。」

「嗯，那樣的話我懂了。」

「說到底，每個人在世上，真的都有專於自己存在的位置嗎？」

「有，但不一定得要在這裡。」

事後回想，大概是雪姿最後一次和心智尚健全的妹妹通話。

後來，雪姿的妹妹發生了意外。明明在那不久前，才聽她說，學弟完成了那幅畫的輪廓，只要再幾天就能完成了。

她還說，學弟常常為了作畫過度勞累，甚至會不小心睡著。他一睡著呀，她都會在那間租屋安安靜靜地欣賞畫作，欣賞學弟的臉。

雪姿對於那位學弟並不感興趣，可是她喜歡妹妹的聲音。

只是，沒想到不久後，妹妹就遭遇到了意外。

有次雪姿排完舞返家，接到了警察來電。

雪姿趕到醫院時，胞妹像是幅沒有情緒的畫作，癡坐在病床上。

警察說：是來送包裹的郵差發現了她。

警察說：是因為大門開著郵差覺得不妙才查看。

警察說：當時她似乎是跌下樓梯，撞到了頭而昏厥。

警察說：客廳有打鬥的痕跡，地上看起來是歹徒的血。

警察說：她可能是情急之下用裝著鬥魚的玻璃缸砸傷了歹徒的頭部，而對方重傷時也順帶把她從樓梯扯了下來。

警察說：歹徒逃跑了，可是因為附近沒有鄰居所以無目擊者。

警察說：她似乎頭部受到重創失憶了，無法判斷是短期還是長期的。

警察說：她可能蜘蛛膜內出血，嚴重會死亡或者成為植物人永遠不醒，醒來後記憶可能也會嚴重損毀她可能就此脾氣會很容易變得暴怒憂鬱無法控制自己但是能活下來就是不幸中大幸了……。

當雪姿去病房探望妹妹時，發現她更加著迷畫魚了。常常前刻心不在焉凝視著遠方，接著，就驚叫了起來，拿著藍粉筆在牆壁畫上各種魚類，口中喃喃自語：「不可以，藍色的魚是保護者，不可以沒有保護者。」

過了兩天，雪姿的妹妹便吞安眠藥自殺了。安眠藥的致死成份已經極低了，究竟要吞多少才會死亡呢？到底有多麼痛苦……這幾乎是不可能的吧。

事實上，醫院說，她吞了安眠藥後，從窗口跳了下去。但雪姿深信，妹妹在墜落地面，在脖頸彎曲成不自然角度前，靈魂就先離開了那美麗，彷彿能永遠年輕下去的軀體。

所以，她是吞安眠藥自殺的。

而藍色，也成了她最懼怕與厭惡的顏色，她妹妹吞下的藥丸，便是如雨後天空那樣憂鬱的灰藍。

妹妹去世後，雪姿得了一種永遠快樂不起來的病。

在酒吧中遇見暮嫣前的幾個夜晚，她常全身赤裸地側臥在沙發，從八樓落地窗眺望璀璨的城市，偶爾，會放著電台隨機挑選爵士樂，小口小口地啜著威士忌。

她會陷進思緒，重複地檢視白晝所有行為的意義。

幻想她自己化成了手臂、肩上、後臀、小腿刺滿各種藍色魚類的妹妹，伴隨著另外一個如預錄影像的雪姿，赤身裸體且毫不羞澀地行走在眾人的目光之中，因為在她的眼裡，所有人都是那麼的慵懶與虛假，所有最細微的舉止，都反而彰顯出了他們試圖用衣物藏起的，最不願為人所知的一面。

她會想像看著自己跳起舞來，髮絲輕飄如在水中，問起妹妹喜不喜歡這樣的舞步，這樣的旋律，和妹妹討論起昨天看過的電影情節。

某夜，她夢到漂流於奔流不息的深藍中，靛青髮絲不斷地變長。身上所有毛髮都變成了淺藍色，連瞳孔都化成了土耳其藍貓眼石。

她輕輕張唇，緩緩吐出了波斯藍氣泡。有人從身後擁抱住了她，用悲傷得難以自拔的聲音低語：「別討厭藍色嘛，因為是藍色，才讓我永遠在妳身旁了。」

日記到此結束。

並沒有提到關於暮嫣的任何內容。

她嘆了口氣，微微苦笑。沒有，一行都沒有，她邊苦笑，淚珠邊無法控制的墜落。

又繼續翻閱空白的頁數。到了最後一頁，有著行上下顛倒的潦草字跡：「她哭起來真的和她好像。」還有一行，被塗抹掉了，但暮嫣還是勉強認出：「我知道，再完美的人都僅僅是她的贗品。」

她靜靜把筆記本收回原處，收拾起了行李。

雪姿歸返時，已是隔天晚上。她沒帶鑰匙，搭乘電梯到八樓後，手扶在門把上，猶豫是否該按鈴。

她出神地看向門扉，哥德式滾邊花紋忽然陌生了起來。

雪姿耳邊傳來低語。

她以小指劃分溼濡瀏海，淺咬下唇。

掌心觸及大門時，不料卻沒上鎖，輕而易舉地向後退開。

她恍惚地沿著門廊走進室內。迷惑地盯著眼前景象：牆壁和書櫃被塗成了粉丁香色的大海，並且繪滿了各色花卉、七彩魚類和黑白的眾神。

半身為人半身為獸、長有羽翼與畸角、面孔佈滿鱗片，或者四肢化作植物的巨根。畫作中，卻不見屬於藍色的調性。

雪姿呆亍在原地，目光像個麻痺之人不為所動。

「希望妳會喜歡我畫的。」

暮嫣站在雪姿後方，似乎也剛從外頭回來，呼喚聲逸著柔情與關愛。

雪姿沉默不語，緩緩低下了頭。

隱約地發出了嚶嚶哭響，過了半晌，她倏然轉過身子，跨步奔向了暮嫣，單手扼住了她的咽喉。

「妳知不知道自己做了什麼？」她眼眶溼紅且流斥著憤怒，力道出奇地強勁，暮嫣即便用盡氣力掙扎，也無法阻止雪姿。她揮舞著雙臂，卻不願抓傷雪姿。

最後，她癱軟了驅體，任由雪姿宰制。

「不要，不要再這樣下去了，若繼續如此……」暮嫣勉強地自喉頭吐出字句。

「滾，我再也不想見到妳。」

「不走，我走了妳怎麼辦？」

「我不需要妳，或者妳哭，我要看見妳哭的模樣。」雪姿的指節因為緊繃過度，透出了靛青靜脈。

「不哭。」暮嫣堅定地回應。

「這就是你要的？像奴隸被鞭打？這樣妳會獲得快感嗎？說呀！」雪姿聲音恍若吞了一座沙漠那樣乾啞。

「不是。」暮嫣堅定地回應。

她鬆開了手，微張著唇想說什麼，終究還是作罷了。

暮嫣乾嘔了幾聲，輕揉著脖頸泛紫的傷口。

搖了搖頭，就這樣，沒有說出任何道別的話語，轉身離開了雪姿。

霎時，下起了驟雨，水滴打在屋簷的聲音透進了室內，滴答、滴答。玻璃水溶溶像是從湖底向上窺看天空。雪姿望著壁畫許久，靜靜地聽著自己越發急促的呼吸聲。落下了淚水，懊悔起剛才盛怒下失控舉止。

她轉身追出去，甩動髮絲像一隻竄過貓尾，顧不得踢飛了一支鞋，大口地喘著氣，赤足踩過水窪時，她腳底一陣痛楚，卻依然跌跌撞撞地尋找暮嫣身影，無視被推開而回頭露出埋怨神情的人們，瘋狂地在街道搜尋著她。

她站在路中央，就像漂流在一個混沌的時空裡。

雪姿忽然有種不祥預感，她努力拉長身子，著急張望。不顧大雨，奔進最繁華的鬧區。

在大樓之下，群眾們正抬頭議論。

然後，傳來了尖叫聲：「那女生準備要跳下去了？」

雪姿呆愣在原地，遲遲無法挪動雙腳。

這時，在霧氣瀰漫的空中，她看見了胞妹的身影，纖瘦的身體布滿著藍魚的胴體比展場人偶那樣病態的美感還要消瘦。用唇語無聲低喃著：「回去吧。」

三、覆蓋在百里香和紫苜蓿之下，終於睡著了

得繞過了好幾條狹長小巷，才能找到這個藏於市井的廣場。

入口的階梯旁，有一棵掛滿鵝黃燈泡的枯木。向前走，便可見到井然有序的桌椅，它們皆為木條所拼成，並且用紅磚頭墊高，中央放置了工業革命時代風格的媒氣燈。

四周環繞著小販，他們在屋簷下掛著熱汽球造型的燈籠，賣著手工香皂、瓶裝啤酒、裝在寶特瓶的冷茶，還有各種西式甜點。

其中一面水泥牆是沒有攤位的。上頭畫著馬賽克風格插圖。是名妙齡少女，正撐著水藍的傘回頭微笑，穿著紅色的長裙和皮鞋，身旁跟著一隻橘色斑紋的肥貓。

在油漆繪成的裙襬下，有名女子正盤腿看著書。

周遭成群好友的嬉笑聲、情侶間的絮語都讓顯得她孤獨。然而，女子雪白剔透，宛若冰糖的臉頰上，有雙沉溺書本世界的眼眸，那專注目光裡打轉的流彩，使她有若覆上了層隔絕世界的溫柔護盾。

她淺淺呼了口氣，風中帶著甜淡花香，很是好聞，讓暮嫣心情不由自主地愉快起來。

她常在讀書讀得忘我時，不自覺地喃喃自語：「小說只有在提出關於人生形式與本質等問題

時才彌足珍貴。偉大的小說家能讓我們永誌不忘，不是因為他們直接向書中的主人翁探詢這個問題，或讓書中的講述者與想法類似的人進行討論，而是因為當他們在描述人生諸多瑣碎而奇異的細節與大大小小的問題之際，也透過結構、語言、氛圍、口氣和語調引出了這些問題。」[1]

這時，她的手機響了。女主唱的聲音很美，但歌詞更美："I believe,in possibility. I believe , someone's watching over me , And finally I have found a way to be , Happy, happy. "[2]

她接起電話，話筒壓住花藤雕紋的耳飾。

「我快要下班了。」話筒端傳來男聲聽起來很溫和，感覺得出來是個體貼的人。

「好的。」她回應。

「附近有家新的文具用品店開幕了，我們去看看好不好。」

「好呀。」暮嫣閉上眼，臉頰暈泛酒窩。

「那我們約在轉角那裡吧。」

「好呀。」

暮嫣讀完長長的一章，收拾好書本，準備去找弘熙。想到那男孩，她的嘴角便不自覺上揚。

弘熙在暮嫣常去的一家超商打工，前半年，他們僅止於相互打聲招呼的顧客與店員關係。

直到一個月前，她和戀人分開了。當時，她隨機跑上某家商場六樓，打開落地窗，坐在窄小

1 自帕慕克《我的名字叫做紅》

2 自Marina and the diamonds〈happy〉

天台上，雙腳則在盪漾著圍觀人群的街道上晃來晃去。

當時，出現了一名少年。

「請等等。」他聲音很喘。

她回首，浮現了微笑。

他的眼神哀傷，卻赤裸堅毅。

「別過來。」暮嫣既溫柔又厭煩地說。

少年陷入緘默，額頭與鼻翼都滲出了冷汗。

「卡珊卓。」他忽然說。

「什麼？」暮嫣身子微傾，髮絲便唰得集中到她的左肩。

少年大口吁氣，似乎很緊張。伸出掌心示意暮嫣稍候。幾秒後，像是鼓起很大勇氣才又開口：「那是我為妳取的綽號。」

暮嫣的眉宇同時流露出詫異與好奇。

「這樣呀，是特洛伊裡面的那個女巫嗎？」她倦怠一笑。

他點點頭，暮嫣瞥了眼少年，轉回身子，她解開耳環，拋向半空。耳環掉落時間異常緩慢，宛如一片抽象，卻唯美的花瓣凋零在風中。

這樓層高到她聽不見耳環墜地的聲響。

她從容抬頭，凝望天空的模樣像是在質疑什麼……

不，是怨慕。

少年再次開口：「還有……」從聲音中傳達的顫抖判斷，可以知道他非常害怕：「每次看到妳來，我都會猜猜妳為什麼要買髮圈，記得嗎？」

暮嫣很勉強地想表現力量和樂觀，但聲音還是顯得太過虛弱：「我記得唷。」

他深抽一口氣。

「我常會把妳想像成有著祕密身份，像是把大家的頭髮一把把綁起來藏在地下室的女巫，總是關心著每個人的過去和未來。或者，是個打擊犯罪的蒙面女俠，家裡牆上都是標記著壞人據點的地圖。」

她大笑，像剛惡作劇完的孩子，難以克制地不斷發出「呵呵」笑聲：「你真是個不機靈，但心地善良的孩子。」

「不好意思。」

頃刻，少年聲音近在耳邊，他邁步從後方攔腰將暮嫣抱住，拉回了室內。

暮嫣沒有抵抗，只是倒在少年懷裡不斷哭泣。

「雖然我是個陌生人，但是我很在乎妳。」弘熙說。

淚水暈深了少年的衣領。

她的哭聲近乎尖叫，壓抑不住痛苦。

「原來，妳真的是彩色的。」他說，試圖捕捉暮嫣輪廓外的光影。

之後，他們聯絡得很頻繁。

一段時間後，他們正式提出交往。弘熙是個貼心的孩子，常會想著準備禮物給她。聽弘熙說，或許是心理因素，他是個看不見色彩的人。暮嫣從來不問究竟為何如此，就像弘熙不知道為何暮嫣那麼喜歡紫色。

至於……為何暮嫣總是喜歡紫色的原因，她只對弘熙說過一次：「因為紫色既不是藍，也不是紅唷。但是卻同時又擁有藍，也擁有紅。」

「聽起來真深奧。」這解釋弘熙聽得一頭霧水。而每當他想挑選禮物時，會害怕無從辨認色譜的自己眼光不好，總是會邀著暮嫣同行。

她低聲哼唱小調，是首歌詞敘說女孩因沉溺戀人，而變得更加堅強，那股堅強的轉變，讓戀人都不得不感受到了。

再一會兒，就可以見到弘熙。

暮嫣上了公車，仍在默數熟悉的詩句。

接著，她又得思考，如何抑制某些謊言，不讓它們渲染開來。

例如，關於對紫色的偏好。

歸根究柢，是由於她的母親吧。

她的母親在十九歲時便未婚懷了暮嫣。據說，當母親準備分娩時，趕著去醫院而開快車的外公與外婆還發生了嚴重的車禍，讓她自幼便認為，或許，這樣的出生並不是被祝福的。

「這是我的家，妳憑什麼在這裡？」她母親曾那樣說。

「她只是還年輕，尚未準備好當一個媽媽。」暮嫣總是如此說服自己。於是兒時無玩伴的她，對於書本產生了極深依賴。但她從不幻想自己是書中的人物，書本便是書本，是她的朋友，每個角色都是他人無法體會情緒的存在。

直到有天，她的母親遷怒之下摑了暮嫣耳光，隔天，左耳再也聽不見聲音了。沒想到，書本開始對她細語，左耳雖然聽不見車聲、門鈴聲、他人呼喚的聲音，卻可以聽見每本書的情緒。

《咆哮山莊》中希斯克里夫哀傷吼著：「進來吧！進來吧！凱茜，來呀！再來一回吧，這回聽我的話，最後一次吧！」

符傲思的《魔法師》：「這個時候魔咒被打斷了。我所有個過去通通被打散。她消失之後，我再也讀不下書，走到牆邊靠近隔壁的房子，聽到一個男人和女人銀鈴似的聲音，慢慢在門後消失。」

還有哈利波特中主角們激動的念著咒語。

曾經，她的心靈似個垂死的病患面臨崩潰。但她無意中發現，當她用紫色的書皮或者背包收好書本時，那同時具有寧靜、喧囂、冷漠、熱情、空虛、不安、壓抑、癡迷、愛慕、惆悵、憂鬱、憤怒的色譜，恰好能調合所有的極端，讓它們全部安靜了下來。

之後，暮嫣常常尋覓著關於紫色的器物。

雖然後來，暮嫣的父親回來了，甚至又生下弟弟。母親不惜一切，斷絕與娘家的關係也要和父親在一起。可是，在兒子上小學沒多久，父親又不告而別了。

車停站，暮嫣下車行走，又想起了關於那小她幾歲男孩的種種。不禁自嘲起，會不會其實在弘熙眼中，自己雖然缺乏幾分成熟的女人味，但也算是個老姑娘了。

暮嫣心想，他真的是個非常溫柔的人，謙虛且熱情，像是個對暴力無從抵禦的稚子。第一次瞧見暮嫣赤裸的身子時，害羞得不知如何是好，只好為了轉移注意，決定分享個祕密。

「只有在夢中，我才能看見黑白以外的色彩，還有想起曾經喜歡的人，一名學姊的面容。」他像名男孩露齒燦笑：「所以我常常醒來第一件事情，是忘記了所有哀傷，一動也不動的坐著發呆，漸漸的，才想起來學姊已經死了。然後哭了起來。我會在哭累後試圖回到那個夢境，卻發現一切都是徒勞無功。」

「傻瓜。」暮嫣吻了他的額頭，轉身走進了浴室。

弘熙堅稱，透過毛玻璃，他看到暮嫣背上的，不是霧氣，而是一對羽翼。

她搭車，沿著夜風吹起的街道緩步而行。

騎樓盡是五彩交織的燈火，商家外處處貼滿代言藝人完美的臉龐。

她駐足欣賞，對暮嫣而言，無數的廣告標語都像某個故事截段，無數的招牌都像是放映著片段電影的螢光幕，店裡播出的流行歌曲，就像那些唯美場景的配樂。

她繼續逆行於倏忽即逝的音樂與光影中。

當暮嫣見著弘熙時，他穿著印有教父海報的上衣，靠著馬路旁的人行椅，和兩名男子談笑著。

其中一人高出弘熙半個腦袋，氣勢十分旺盛，有著剛毅五官與削俐短髮，穿著牛仔褲和黑色無袖上衣，外露雙臂瞧上去十分結實。胸前則掛著一個犬齒項鍊，像是大笑時會不顧周遭放開嗓門的人。

另外一人則穿著白襯衫，比弘熙還削瘦，帶著墨鏡和貝雷帽，隱約可見長髮和眉毛蒼白得異常，瞧上去頗是斯文。

「真不巧，我們準備要綁票這傢伙，妳是有錢人家的千金嗎？」那有著粗獷五官男人說。

「或者，我們乾脆改綁這位美麗的小姐好了。」帶著墨鏡的男人幫腔。

「別鬧了。」弘熙輕搭了兩人的肩膀。「他們是平要和江流兒，我的兩個朋友，因為剛好在附近，所以來探班。」

暮嫣笑得既優美又純真，微微彎腰鞠了躬：「晚安。」

當她與江流兒四目交望時，對方露出了羞赧苦笑。

「抱歉，這模樣嚇到妳了吧。」江流兒稍微拉低了帽子。眼球宛如受了嚴重創傷般猩紅。

「不，一點都不會。」

眾人又閒聊了數分鐘。語畢，平要、江流兒便朝著充滿喧的人群離去。

暮嫣歪著頭看著他們的背影，不其然地說：「我想到了一件事情。」

「什麼事呢？」弘熙牽起了她的手，以臉輕蹭。

「之前你不是曾經說我會讓你想到魔女嗎？」

「是呀。」弘熙拉著暮嫣走了起來。

「我有一個很要好的朋友，是個占卜師，預言幾乎每次都會成真。一天要花很多時間酣眠，尤其一是到天黑。幾乎就會直接睡到天亮。」

「真特別耶。」弘熙回答地心不在焉，自顧自地東張西望。

「說不上來，你那位叫作江流兒的朋友，感覺氣質和她很像呢。」

隨著夜色漸深，街道更是熱鬧。他們並肩而行，暮嫣時而勾纏弘熙手臂，時而又拉他停下來看看玻璃櫥櫃。逛完文具店，他們又逛了兩間唱片行、一間服飾店、三間書店，還有專賣布娃娃的店家，並且又在寵物店逗弄了一隻科基犬。接著，走過真的很長一段路。

他們路過廣場時，恰巧遇見街頭藝人。

“So stay with me, Evelyn. Don't leave me with a medicine”[3]

綁著馬尾的英俊男子，正撫弄著貼滿樂團標誌的黑色木吉他。

他雙眼像是因睡眠不足而顯得幾分浮腫。盤起修長的雙腳，在兩層樓高的水車旁自彈自唱。那裝置藝術像蒸汽龐克電影中會出現的精緻齒輪，散發出一股暗喻著宿命的魔力，形同幅彩色鉛

3 自Hurts〈Evelyn〉

筆繪製的歐洲街景。

多麼不可思議的，暮嫣連昨日見過的人都記不清，卻可以在繁雜的記憶中，立刻想起了往昔的戀人。

雪姿說：「廣場的街頭藝人歌不怎麼樣，卻長得不錯，可惜了那臉蛋。」

暮嫣以為這些話語都正逐漸淡化，遲早會消逝在遺忘中，卻偏偏那麼自然、單純的再度浮現於日常生活中。

她迷濛地盯著被丟棄在人行道的花束，莫名其妙地聯想到了新娘的捧花。

雖然，弘熙本來就屬個寡言少語的人。不過現在這樣的情勢……無論多麼駑鈍，也會察覺到了暮嫣的心裡正發生著微妙的變化吧。

他焦躁不安苦惱著，該談論些什麼來吸引她的注意力。然而，就在弘熙進退兩難時，夜空漫起了雨絲。

「不妙。」弘熙抓住暮嫣手腕奔跑。她難以克制地笑起來。

雨勢瞬間沛然。在如鼓聲迸裂開的水滴中，街上屋簷和招牌頓時散發出黑黝黝光澤。溼漉漉灰塵氣味刺得弘熙鼻子發癢。

暮嫣的笑聲散溢在雨霧，逗得弘熙也難掩喜悅和得意。

兩人躲進咖啡廳，搶在客滿前成為最後一組客人。

《Rebirth》.

店的外觀由漆黑木條所構，歐式風格玻璃門寫滿了哥德字體的拉丁文。

暮嫣凝眸，過了會兒又眨動眼睫，猜想店名意涵。

「來吧。」他輕挽戀人入內，門扉外啟瞬間，女伶的歌聲與香料氣息浪湧襲至，淹沒了兩人。

「歡迎光臨。」迎接的是名馬尾大叔。「怎麼是你呀！」

弘熙似乎和老闆頗為稔熟，兩人毫不見外地談笑。暮嫣微笑打招呼，心想，眼前男子一定曾經有著強壯的體魄，但如今除了壯碩的手臂外，還挺著中年男子的鮪魚肚，真是歲月不饒人呀……。

「有要吃飯嗎？但是餐點有點慢，剛好沒米了。」應該是老闆的男子道。

暮嫣此時，才注意到這男子可能是主廚，這是從他手上平底鍋所判斷出來。

她笑盈盈說：「都好。」

「哈哈哈，不過我派兩個小鬼去買了。特餐在那邊的黑板上，自己去看。」

他們乖順點了點頭，目送男子走回廚房。

牆是淺藍，燈是沙黃的，一張張明信片釘於掛畫、黑板間，角落甜點吧放置了一檯老舊黑膠唱片機，店裡有點煙味，但更明顯的是花釀、咖啡與蜂蜜的氣味。

暮嫣留心到甜點吧有名嬌小的可愛女子。

她眼睛發亮，滿是趣味地吻著指節。心想，掌管點心櫃的女孩都很美。

兩人在談話，看似女顧客正在猶豫要吃鮮奶酪還是焦糖布丁，窈窕身材卻配上了稚嫩聲音，反倒和嬌小卻有著成熟聲音的店員形成了有趣的對比。

「喵。」裝有點心玻璃冷凍櫃底下傳來貓叫聲，嬌小女店員蹲了下去溺愛逗弄。

「暮嫣。」

「嗯？」

「牆壁寫了菜單。」

「哦。海貓燉肉。」她慢慢念著，奇異菜名吸引了暮嫣：「那是什麼？」

「某種海洋哺乳類的料理。」弘熙正色說。

「啊？」

「妳不知道嗎？其實……」

「別理他亂講啊……那是我用魚和豬肉合燉成湯的私房料理。」老闆探出頭來介紹，竟然……以學士服代替圍裙。

「哈哈哈哈哈。」弘熙憋不住笑意。

兩人確定了點單。等待菜餚的期間，暮嫣拿出了弘熙剛才於服飾店買給她的耳罩。是淡紫絨毛的耳罩。整體造型給人十分閒適的感覺，撫摸上去很舒坦。

暮嫣把鼻頭湊近，嗅來溫暖，像是剛曬完陽光一般。這讓暮嫣聯想到某種冬眠的草食獸類。

她望著弘熙送的禮物傻笑了好半晌。

這究竟是弘熙知道她的祕密而選擇的禮物，還是單單只是個巧合呢？她忍不住詢問：「你剛剛為什麼會想要買耳罩呀？」

弘熙思索片刻：「因為這毛茸茸的，讓我想到妳。」

「可是我似乎並沒有很多毛呀。」

「不是啦！」弘熙沒有辦認出那是玩笑話，慌亂地辯解：「你讓我想到某種非常溫馴的草食動物。」

「這是回應剛才的惡作劇。」她吐舌。

「啊……」

「不過，這樣一來呀。」她淺笑：「我既是魔女，又是蒙面女俠，還是女祭司，現在又是像野兔那樣的動物了。」

她抿起嘴竊笑。這時，櫃檯傳來喧騰聲，貌似熟客們和店員說了什麼有趣的話題，正在嘻鬧著。

此時，老闆將餐點端了上來。

「來啦，海貓燉肉。」

魚湯很香。暮嫣嚐了一口，覺得肉很清爽、新鮮且無絲毫魚腥味，由蔬菜所熬出的甜味巧妙地和魚本身香味依偎成一體。馬鈴薯、豬肉則燉得恰到好處。

弘熙的食慾很好。扒著飯的模樣，讓暮嫣想起弟弟不眠不休剛排練完八鐘頭戲劇時，那坦蕩的吃相。

她默然地取下了紫色耳環。

進行了「祕密的耳語」，手提袋中的書本，傳出了男人低沉又溫柔的吟詠：『有時他不禁強烈懷疑，對幸福抱有期待，是否為一種異樣的惡意。

他從抽屜取相片來看，是母親年輕時的模樣。

她身穿水藍洋裝撐傘，背景是公車站，回眸瞬間讓光影產生一種虛幻唯美感，然而卻隱隱透了股無端的惆悵。

聽父親說，媽媽少女時追求者俯拾皆是，社團、班級、營隊、補習班，逢三男便有一人會愛上她，或是為那翦水雙瞳，皓皙貝齒的笑顏傾城傾國，或是為那水靈慧心、解語賢巧的姿態枯澀思腸。紈褲子弟散盡千金只要討她歡心，文藝青年苦淬詩句只要求她青睞。

母親甚至有塞脹滿數個餅乾盒的百封情書，詩句一區，短箋一區，如標本分門別類，直至出嫁前夕，她才依依不捨怙惦重量，點清後，埋於某個無光無塵的角落，宣告成了名妻子。

這傳神形容簡直和學姊如出一轍。

但學姊最後卻和那樣的男人在一起。

傳奇、戲曲中花蝶前世為淒婉幽怨之女子倩魂，為什麼？阿連認知的輪迴不應如此。

輪迴的慈悲在於補償，可是多情纖弱的花蝶，仍渡不過多風多雨的乖舛惡運。』

暮嫣反覆思索這段文章其中的意義。

「他覺得把動物的生命當作玩物，還把牠們發展成畸形的感情，實在是一種可悲的純潔，卻使人感覺愉快。」[4]

一道痛楚閃抽過暮嫣額角。原來這咖啡廳有整櫃的書呀……暮嫣皺眉，因痛苦稍稍瞇小了眼，她用力嘆息，覺得連要吸入空氣逐漸變得困難和沉重。

『讓我窺竊妳的慾望與祕密，來證明妳是真實的。』

『那麼，』她若野貓般瞇小了眼：『讓我傷害你。折磨到極限來確信你是愛我的。』

「還好嗎？」弘熙摸了摸暮嫣的瀏海，以指尖輕觸她的手背。

「沒什麼。」她報以微笑，戴回了耳環，遲疑道：「如果呀，有人對你說：『我真是個糟糕的人呀。』那麼，你會回答他，『沒關係，我也覺得自己很糟糕。』還是『不會呀，我覺得你非常好了。』哪一個呢？」

不知何時，店裡的氣氛靜謐了下來。或許是雨停的緣故，只剩下零星幾對情侶和專注讀著詩集的店員。

弘熙不解，搔抓了自己的太陽穴，嗯……沉吟許久，才語調不確定道：「我想是前者吧。」

「這樣呀。」

暮嫣點點頭，雙唇緊緊合抿成了一條直線，像是在保守某種微妙的謊言。

4 自川端康成《禽獸》

此時，她發覺弘熙心不在焉。

暮嫣順著他的視線望去。原來隔壁桌有名眉清目秀、潔白的牙齒和粉紅牙齦的男孩，正明快地在紙上畫了一個凜冽眼神的舞者。

弘熙在看他畫畫，細膩雕琢著紙上如泥板刀刻的線條。畫中男子有著清爽，比例卻稍嫌不端正的身形，張揚著雙臂，彷彿聽到了掌聲，激烈地想要振翅高飛。幾尾鬥魚如紐帶般往返交錯，就像是循著無形的漩渦，縈繞在舞者的手腕、腰間、小腿，透出股憂傷卻和諧的神祕感。

弘熙欲言又止，暮嫣見狀，忍不住向男孩搭話：「為什麼是鬥魚呢？」

對方停筆，顯得幾分詫異。

暮嫣又補充：「他看起來不是比較像為了追求自由而準備起飛的老鷹嗎？」

男孩終於意識到是在對自己搭話後，回應了暮嫣：「因為飛翔不是天生的，而且需要勇氣。」

「因為飛翔不是天生的，而且需要勇氣……。」

暮嫣喃喃重複。

「需要勇氣……」

她倏然靜止於片段時間中，臉龐、乾燥花、書封、陶瓷貓、光點、談笑聲、甜味，一個個都成了毫無連結的飄浮島嶼。

有那麼一刻，她的腦海盡是呢喃、哄騙、暴力的話語。但其實她一點都不在乎，她在乎的是自己再也無法歇斯底里尖叫，或者無動於衷沉默，這使她無比懼怕，懼怕到雙唇止不住顫抖。

淚水毫無預警地簌簌滴落。這樣從外人眼中看來，好像弘熙傷害了暮嫣。

「等、等等，妳還好吧？」

暮嫣雙手抱胸。哭聲響亮誇張，在店中捲起了激烈動盪，不少人紛紛將責備目光投向了弘熙。他緊張起身，匆忙尋找衛生紙。而背景音卻未停，女伶不成調的吟詠，聽起來既哀愁又遙遠，若隱若現地，迴盪在兩人氛圍。

她遮掩面容，淚水卻自指縫滲出。

「給妳，衛生紙。」

弘熙表現得不知所措。暮嫣突然抓住了他的雙腕，像是某種準備連結人類心靈的神祕藤蔓。

「欸。」

正在做菜的老闆吆喝一聲，從廚房大步走出，以湯瓢敲了弘熙的後腦勺：「你不要欺負人家呀！」

「我……」

像隻驚醒野兔，暮嫣散漫的雙瞳再次集中。兩人逗趣互動讓她忍不住大笑。

「呼。」

看到年長自己幾歲的暮嫣破涕而笑，弘熙暗暗鬆了口氣。

「啊，對不起，瞬間想到往事就。」

她的情緒表現喜怒無常。但……沒想到，此刻，弘熙卻覺得那淚中帶笑的模樣竟難言其嫵媚。

不單僅止於此，暮嫣哭起來，一直令他聯想至某個人。可是，這些記憶，竟彷彿受到抑制，他越是細想，面孔越是模糊，越記不清是誰。

一番喧騰後，總算還是平靜了下來。

「抱歉。」

「沒關係。」弘熙揮揮手。

暮嫣綻露笑靨。慢慢地、輕輕地，握住他的右掌。

「怎麼囉？」

「我呀，曾經作了一個很棒的夢。」

弘熙聳聳肩：「是關於什麼樣的夢，會讓妳覺得很棒呀？」

「我呀……」她再次垂下長睫，想了想：「我夢到自己在冬天時醒來。」

暮嫣面色緋紅，啜了口奶茶，像是深怕弄碎似得，小心翼翼地放下。

「在一片幽靜的草原中醒來。」

「草原很溫暖，讓我想到了赤裸身子被擁抱時的感覺，正當這麼想時，我才留意到了自己像是個剛出身的孩子全身光溜溜的。但我一點都不害臊，走在沒有半片淺藍雲朵的天空下。

我一個人赤足的走呀走著，來到了一片紫色的森林。簡直像是用顏料畫成那樣漂亮哦！可是不知道為什麼，四周卻靜悄悄的，連風聲都聽不到，可是當我真的非常仔細傾聽時，就會聽到很輕很柔的旋律，像是一個母親在哄孩子時會哼的小調。

說來奇怪，明明連在夢裡都是第一次見到這森林，我卻有種好像生來就屬於這裡的感覺。於是，我看了最後一眼天空和草原，跟著歌聲，便走進了森林。

就連落葉都像是羽毛那樣柔軟。風吹過時，明明應該很冷，我卻覺得莫名地暖和。而且那景色，簡直美得像是從明信片上剪下來的。

我一邊聽著歌聲，也不清楚走了多久，可能是一小時，或者一天，或者一個月，或者一年，神奇的是我一點都不覺得疲憊。而樹則越來越少。

終於，我在森林的深處，見到了一朵紫色的花。

啊，歌聲是從那裡發出來的。

一瞬間，我有種奇妙的感覺。自己就是那朵花的化身。

並不是轉世，我不是那朵花經過修練，或者獲得什麼神祕法力而轉世到世間的形體，而是我本身就是那朵花，不，更清楚的說，我覺得，我只是那朵花憂傷時作的一個夢境。」

夢似乎到此結束了，她雙手捧著馬克杯，專注喝著甜奶茶，像隻溫柔小動物細細嚼著上面的結塊焦糖。

「真是……特別的夢。」弘熙癡然地說。「妳有時原來是這麼想的？」

「什麼？」

「覺得自己，不過是一株花朵憂傷時所作的夢境。」

「大概吧，也說不定，是心理作用的關係，我寧可是這樣。」

「嗯。」

「嗯……」最後得到這樣的回應，暮嫣似乎有點沮喪。

但她旋即想起，該不會，因為長久看不見色彩的緣故，其實弘熙無法聯想到她所形容的畫面。

她歪著思索該如何改善這低迷的氛圍，突然說：「明天我想帶你去看一個人。」

弘熙困惑地往前傾身：「好是好呀，不過，是誰啊？」

「我的弟弟。」

「哦。」

「還有，」暮嫣輕抵酒窩問：「你知道為什麼這家店要叫做『Rebirth』嗎？」

弘熙默語思考，模樣顯得虛茫、孤獨，卻完整。

就在暮嫣準備出言，不用勉強回答時，弘熙先開口，他偷瞄一眼老闆，邊是搖頭，邊是微笑：「因為老闆希望帶著破碎靈魂的人來到這裡後，能被修補，獲得重生。」

「是嗎？」暮嫣淡淡道：「那真是辛苦了。」

「是呀。」

暮嫣瞥了眼細鍊手錶，又瞧瞧窗外，大雨已經停歇：「走吧，我們去走走。」

兩人結完帳。又去電影院連看兩部電影。直到深夜才各自回家。

隔日，他們相約在捷運站碰面。

弘熙先到，在等待暮嫣時，一名綁著單辮的女子與他擦肩而過。

「當時你怎麼就這麼不見了？」

他並無因貪戀回頭多看女子一眼，心裡卻想著：電話的彼端是情人嗎？那麼簡單的話語，可以被她敘述得有如哀怨、纏綿卻膩人的譬喻。他在等待、在幻想、在構築與期盼故事篇章間的連結與後續，還有藏在隱喻中的呼應？

就在低頭沉思時，暮嫣叫住了他。

「久等了。」她的短髮柔潤且富有光澤，充滿著都市女孩的特有氣味。是彩色的，一切都沒有倏然消逝。他差點哭了出來。

「怎麼了？」暮嫣歪頭詢問：「你的表情看起來又開心又難過。」

他用手背抹抹臉：「沒事。」

「好吧，那我們走吧。」

他們習慣性地十指交扣，踏著相同步伐去搭車。

走出了捷運站，途經一座酷似高中校舍的廢棄建築物，接著，兩人拐彎，邊追逐嬉戲，穿越了半座公園，來到了賣著各種顏色飲料的市集。

那些在透明免洗杯中的飲料，黃色是萊姆，綠色是薄荷、紅色是覆盆子⋯⋯。其中藏了間福德正神廟，醬油與烤蝦的氣味撲鼻而來。鐵皮屋的邊緣則掛滿了紅色燈籠，貼滿寫著年年有餘的春聯。他們還停留了超商一小段時間購物。

「這是什麼？」弘熙在暮嫣結帳時問。

「我弟弟喜歡吃的餅乾。」

最後，他們停在一家醫院前。

「醫院？」

「嗯，我的弟弟現在正住院呢。」

他們行至大廳，令弘熙意外的是，這裡並無充斥著消毒水的氣味，反而有股濃烈的洗碗精味。來去的幾乎都只有老人與護士。

「來。」

兩人直接搭乘電梯，中途沒有停歇。抵達七樓，拐了幾個彎，終於來到了走廊盡頭，暮嫣弟弟所在的病房。一路上弘熙不曾發問，只是跟隨。

叩叩。

「君承，我來囉。」

沒有回應。

於是，暮嫣敲了敲門，依然無人應聲，她就直接推開了門。

弘熙跟在暮嫣之後，探身環繞四周。

說不上來，病房給人一種蒼白、愁苦的氛圍。充斥各式人工化合物的氣味。雖然有花，但缺乏生氣，彷彿只裝了冰冷的無機物。

整座病房空蕩蕩的，只有名和他年紀相仿的少年，以薄毯蓋住半截大腿，面前正攤了一本處處泛黃的厚重書籍。

然而，他卻正注視著窗外。全然不管走進病房的兩人。

「君承，我有帶你喜歡吃的餅乾。」暮嫣拉長左手，遞出了塑膠袋。右手則緊緊牽著弘熙。見弟弟沒有反應，她又走近幾步。

「是香草口味的喔。」

「我聽到了，不要一直重複，很煩。」他不耐煩回應，扭頭看向兩人。

他留著側分短髮，額頭纏著紗布和繃帶。

裹了一層淡牛奶般的肌膚，以及醒目的輪廓。鼻樑的弧度優美，像是打磨過一般的光滑。單看他的眼，會錯認成是一對女孩子的眼。

在夾雜了些許淺褐的神色中，透著傲慢、高貴、慵懶。

雖然弘熙看不出色彩，仍能判斷君承有著極細膩的五官。

若要說給了弘熙什麼印象，大概就像低頻、嘶吼雜訊中清澈的旋律那樣別致吧。

「這是弘熙。」暮嫣拉兩張椅子，與弘熙坐了下來。「是我的……」她垂下頭，別開了視線。「男朋友。」

「嗯。」君承瞥了一眼，似乎不感興趣，再度將目光投向了窗外。

「你好。」

「嗯。」

「啊，你們要不要吃點餅乾呢，我還有帶罐裝奶茶……」

暮嫣彷彿要掩飾僵局，不斷說話，君承的回話卻是有一搭無一搭，而且始終漠視弘熙存在。

「唔……」弘熙不禁懷疑，暮嫣曾說他們姊弟情感不差，但這互動瞧上去怎麼也不像。雖然滿腹困惑，但還是不敢插嘴，只能老老實實地聽兩人的交談。

「最近，我在和弘熙一起考慮，要不要養隻寵物……」

暮嫣的手機響起。她從女用皮包中掏出，望著螢幕顯示的號碼，遲疑了片刻，才起身示意，自己要到病房的走廊通話。

「嗯。」弘熙點點頭。

這兩名男性突然陷入一陣尷尬氛圍。於是，各自打發注意力。

君承朝窗遠眺，弘熙則繼續打量病房。

「拜託暮嫣快回來啦……」他默怨。

黑白的世界中，醫院像張素描炭筆畫。線條在顫動，有如一條條拉高尖銳音調的琴弦。

「不過，假如她也不回來了呢？」

他忽然有種預感，暮嫣說不定會像學姊那樣，轉身離去後，再也沒有任何音訊。

別胡思亂想……他暗自斥責，為轉移注意力而注視起君承的側臉。

場面又冷又僵，他求救似凝望暮嫣離去的方向。白色的門。

當他挪回視線時，險些嚇了一跳，君承竟直直瞪著自己。

「你若是敢欺騙我姊，或者傷害她，我一定不會善罷甘休。」

這突如其來，卻平靜淡然的威嚇震懾住了弘熙。

「我……」

君承頓然啞口無言，他乾咳兩聲，不知該作何反應。

「她遠比你想的脆弱許多。」

君承很認真。他的面容流露出森冷寒光，雙眼中燃燒著一對白火。

英俊的人總是讓弘熙沒來由畏懼。好像那些美貌天生就是用來炫耀，用來鄙視像他這樣平凡的自己。

他淺咳，竭力壓抑著焦躁不安的情緒，深怕就這麼被恐懼吞噬，做了緩慢深呼吸。

弘熙為了轉開話題：「你的姊姊說，你是個非常有才華的人。」

君承不可置信，冷冷道：「她真的這樣說？」

「是呀。」弘熙嚥口唾液：「很常這樣說噢！」

「哼，」他冷斥：「沒有，沒有才華這回事。僅有無窮無盡的努力不懈，但……還算快樂吧。除了那些三不五時來侵擾的殘酷現實。」

結果，弘熙的話都無助於減緩場面尷尬，他硬著頭皮道：「如果有人對你說：『我真是個糟糕的人呀。』那麼你會回答他哪一個？是『沒關係，我也覺得自己很糟糕。』還是『不會呀，我覺得你非常好了。』」

君承皺眉，像是覺得這問題既唐突又愚蠢。他翻了幾頁書籍，短短沉默幾秒，平淡道：「對的，你確實很糟糕，因為你認為自己很糟糕。」

君承說完，意義不明地嗤笑，嘴唇裂成一直線，那露出皓白牙齒的模樣，就像雪地裡啣著銀刃的灰狼。

弘熙被嚇到了。為什麼要作出這樣的笑容呢？是在嘲弄自己，還是彰顯言語的上風洋洋得意？

就在弘熙百思不得其解時……

暮嫣還是回來了，那瞬間，有股莫名淚意湧上了弘熙的眼眶。

但她的影子，卻不如以往。混濁難辨，宛若發瘋畫家胡亂塗抹的顏料。

那通電話是怎麼回事？弘熙想問，但缺乏勇氣。

「我們走囉。」

「嗯。」君承僅是揮手。

離開途中，弘熙持續思索著君承話語中的意義。

暮嫣貌似心情鬱悶，提議到河濱公園散散步。

「話說，為什麼你的弟弟會住院呢？」弘熙問。

「我想想喔……」暮嫣偏了偏頭：「算是某種劇烈運動而傷到了腿吧。」

夕陽下，一切皆顯耀眼奪目。

路邊有個女孩，旋舞染著餘暉。且有一對玩著滑板的情侶穿梭過他們身旁。再來是一群健壯少年，溜著直排輪呼嘯而過。

有著健美身材的慢跑男子和他們打了聲招呼、穿著洋裝戴著草帽四處拍照的少女、推著嬰兒車的父親、背著登山包的年輕人、還有穿著夜藍色禮服與鑽石首飾在拍婚紗的新娘。

「好美。」

「真可惜，我看不到顏色。」弘熙苦笑。

「那我形容給你聽。」

兩人十指交扣著，她雀躍、興奮地形容著各式各樣的色彩給弘熙聽。

他們繼續走，繼續走，不知不覺，笑了出來。

「弘熙。」她說。

「暮嫣。」他回應。

「暮嫣？」弘熙又喚了一次。

她垂首不語，抓住衣角陷入猶豫和沉思。

「偶爾……我會想，」她嘆息：「說不定，你再晚一點來，就是真的再也見不到我了。」

「妳是說，妳爬到樓頂那天嗎？」

「不。」

她以指尖輕點弘熙的鼻頭：「我是指所有，這一切。」

「不會，永遠不會晚。」

他們又在微風中走了段綠草搖曳的小路。

然後，暮嫣突然吻他。那裡的空氣清甜，光點在橋下的河堤聚集。

她幾乎沒有什麼氣味，只有一點點微弱的洗髮精，還有冬木與海潮的氣息。

弘熙輕撫暮嫣的背脊。她的身軀比想像中柔軟，他們渴望更加貼近彼此——所有布料、手鍊，口袋中的硬幣，都讓人覺得突兀又多餘。就像，純白花瓣沾染了塵土。

兩人是赤裸無瑕的。

於是，他又吻了她一次。

暮嫣陶醉在夕色中，此刻，人群就像流動著光彩的浮世繪在眼前展開。

「明天，我想請妳幫我個忙好不好？」

「什麼？」

「明天，來找我就知道了。」

當暮嫣到家後，還在思考弘熙的吻，以及他說的幫忙，會是如何一回事呢？他堅持那是個祕密，於是暮嫣便沒有追問下去。

洗完澡後，她擦乾身子，取出了一本本詩集。赤裸著抱著那些厚重書籍走到客廳，選擇自己最喜歡的書頁攤開來。

我將放些白色的風信子
在窗口，它在窗前
清水裡呈現藍色
我將放在你的潔白胸前
亮麗如溪中細石，或
金雀花的果實[5]

她倏然想起了雪姿。

分手時，什麼都別說。
我們想不再相愛了。
當大家分手時，好長時間默默不語
那是正如大家說的無所謂[6]

5 自賈穆〈我將放些白色的風信子〉，莫渝編譯
6 自福爾〈親吻〉，莫渝編譯

為什麼雪姿什麼都不懂呢？一旦我不認識你，你就不存在了。

真理是赤裸的，你也該赤裸。
穗花在妳硬軀下，因
染白的青春愛情時作爆裂聲。[7]

她思索，一個人最大的痛苦，究竟是一而再，再而三的被最深愛的人所傷害；還是一而再，再而三的愛上傷害自己的人……

她知道，有這些想法很卑鄙，對弘熙太不公平。可是，她就是無法控制自己。

當暮嫣含淚醒來時，已遠遠超過了約定的時間。她匆忙套上了衣裳，急促地收拾好東西，用水抓順亂翹髮絲後，便趕著出門。

對於暮嫣遲了快一個小時，比起怨怒，弘熙感覺更像是擔憂。

「妳還好嗎？我都連絡不上妳。」

「對不起，我睡過頭了。」

---

7 自賈穆〈我愛你……〉，莫渝編譯

「沒關係。」弘熙溫柔地撥弄暮嫣髮絲：「會不會餓？我們去買飯糰和豆漿吧。」

「嗯。」

弘熙不知道，這些貼心舉止反倒加深了她的罪惡感。

他牽她的手。這是暮嫣第一次和弘熙回家。

是間很平凡的小套房。離之前弘熙打工的便利商店很近。

牆上貼滿了各種插畫，還有樂團、電影的海報，從雜誌上剪下來的美女模特兒正露出嫵媚的笑容。還有世界各地風景的明信片。參雜其中的，則是一尾尾用藍色粉筆畫上，正優游於那些畫面故事間的魚群。

書房的門上則貼了從日本金閣寺帶回的符紙，俊朗的字體莊嚴且使人平靜。

「請坐。」他拉了張舒適的躺椅，並且遞給暮嫣罐裝紅茶，平靜道：「我想畫妳，好不好？」

「原來，是當模特兒呀……當然好。」

「嗯。」

弘熙輕啄了她的額頭。接著，他搬出畫架，並且拿出了一幅未完成的畫作。

暮嫣看到畫作時，著實失落了一會兒。心想，弘熙竟然不是要從頭開始畫她。

畫作正飄著藍色雨絲。有名少女穿著染上藍色水紋的連身洋裝，露出白皙肩頭，胸前橫著一道皎白流蘇。

弘熙捕捉了她雙手放開，淡紫粉末散落的瞬間，張開雙臂如準備飛翔的信鴿，隨著慣性飛舞的彩沙，恍若一對用極光織成的羽翼。

然而，那名女子卻沒有面孔。側轉的臉頰，像櫥窗櫃模特兒那樣空洞。

「我想畫妳。幫我，提醒我所用的顏料是什麼顏色好不好？」他說。

「嗯。」

作畫期間，暮嫣問起了原本的模特兒。

「本來的女孩是誰？」她只是輕動雙唇，腰與臂仍然有如靜止雕像。

弘熙頭也不抬，未停歇畫筆：「是一名吞了安眠藥自殺的學姊。」

「吞了安眠藥自殺的學姊……」

「據說是這樣，但沒想到現在安眠藥的劑量都那麼低了，還可以致死。」

暮嫣瞬間想起昔日戀人——雪姿的日記。雪姿死去的雙胞胎妹妹曾經為戀慕她的學弟當模特兒。日記裡又寫：「她哭起來真的和她好像。我知道，再完美的人都僅僅是她的贗品。」

當夕照透過窗子，灑在暮嫣的容顏時，弘熙停下了畫筆。像是個被凝結在琥珀中的時空旅人，一動也不動地望著她。

最後，兩人都不知道畫作是否真的算是完成了。但暮嫣起身離開了躺椅：「我想休息了。」

他想吻她時，她避開了。

弘熙有點不解，但只是靜默點頭，送她走出門口。

他陪她隨行了一小段路，爬坡的柏油路因為金色陽光閃閃發亮著。

「我們還是……分開吧。」她突然說。

明明，他理應詫異得不知所以然，可是，連弘熙自己也不知道，為什麼聽到這般話語，他卻一點也不訝異，僅僅道：「為什麼？」

「我知道的。我們還是在尋找彼此戀人的影子。」

弘熙聽完後，頓了許久，未等他的回應，暮嫣又說：「我們在一起，是不會快樂的。我不想等所有愛都磨盡，恨透了彼此才分開，現在這樣就好了。」

忽然一瞬間，弘熙看見空氣中竄出了一道又一道蒼白的骸骨，切割開了黑白的世界。暮嫣的身影，似乎正漸漸的縮小；漸漸變得遙遠……

他沉默了非常非常久，才回答：「我覺得，無論如何，只要不要懊悔就好。有時我們可以沉溺回憶，為覺得錯誤的決定流淚，但誰有資格說什麼選擇是真正錯誤的？只要，不懊悔就好。往前看，放不下的，去試圖彌補，無法彌補的，也不要真正的遺忘，而是忘記那曾經刺痛靈魂的痛楚，好好的凝視著那傷疤。」

暮嫣苦笑，充滿母愛地撥弄了幾下弘熙瀏海。無語的轉身消失在黃昏中。

這次，不是弘熙的錯覺，她是千真萬確的正在遠去……

他沒有說出口，就在作畫的時刻，他看到了所有的色彩。

可如今，一切又復歸於黑白。

四、珊瑚之紅遠紅於她的嘴唇

1.

君承躺在醫院病床，百般聊賴地讀著小說打發時間。

唰、唰。

他翻過書頁，然後，又撥了回來。速度太快，一個不小心，在優美修長的指尖，畫出一道小小的血口子。

他胡亂舔舐，心不在焉，相同章節早來回閱讀了好幾遍，全都過眼即忘。

「唉。」

君承嘆口氣，想埋怨卻找不到對象訴苦……索性「啪！」一聲闔上書本。把書順手擱置在床頭櫃，望著病棟外嬉戲的孩童發愣。

日照下嬉戲的孩子滿是活力。可是，就像那些漫不經心地閱讀，君承對孩子的舉止也渾然無所興致。

他的五官中性且冷艷，有著深陷的眼窩與柔和線條的鼻樑，雙唇稀薄，眉毛細細濃濃的，像兩把刀刃，眼白面積稍嫌過大，有時會讓人備感壓力而忍不住別開視線。

說來矛盾，君承並不如他人那般喜好自己的模樣，可是卻十分清楚自己的魅力，對於如何微笑能吸引一個少女，又如何微笑能吸引到的是一個男孩，君承擁有相當程度的自覺。

在學院時，就曾因那姣好的容顏，以及陶醉於人性的演技，被師長與同儕間譽為最有潛力的演員。所有見過他的人都說，那絢麗的天份、華美的外表，都像是受盡上天的恩賜與加冕。

但是，沒想到在畢業之後，試鏡卻反而屢次遭拒絕。

「我們可能，用不到像你那麼完美的角色。」這是他最常碰壁的理由。一次又一次試鏡，一次又一次遭受失敗。最後，他甚至不知該憎恨，該抵抗什麼。

直到上個月，他終於獲得演出機會，是一名留學異國多年，始終毫無成就的落魄畫家。但是，誰都沒料到，導演在開拍前的排演時，發現了他是左撇子。

「不知道為什麼，試鏡時竟然完全忽略了這件事情。」導演說：「另外一個重要的角色也是左撇子，很抱歉我堅持要那畫家角色使用的是右手。」

基於這近乎難以令人接受的理由，君承被換了下來。那天片場的男男女女無不愕然，卻又像是富有饒意地觀望著事態發展。

君承掃視過每一個人。但他們無一不避開與君承的視線接觸。

但他絕不能淪落成直接胡鬧，倘使在這裡毀了自己的名聲，意味著之前受過的苦都白費了。

「這太……不可理喻了。」

他強行壓抑怒氣。

最後，懷著一股深沉的遺憾，君承默默離開了片場。

離開片場的他，只能去道館練習。為了維護良好的體態與身形，他長期修練跆拳道。如今已是黑帶段位。

以君承的觀點來說，在海明威的書中，拳擊被譬喻為正面握住一把刀刃。而三島由紀夫，則是以劍道殉身。若要成為偉大的藝術家，勢必得藉由將自己逼到極限，來感受活著。

II.

抵達道館時，已有不少人在拉筋和暖身。君承換上道服，很快就做足暖身操，開始核心訓練。踢靶、重訓、耐力訓練。訓練過程中，他嘗試平復心緒，可不但他的怨怒無從發洩，反而因為道場中吵雜的吼叫、衝鼻的汗臭，變得更加厭煩。於是，他無視課程，準備直接離開。

此時，有人見狀，叫住了君承——

「欸你，要不要約束對練？」

來者，是他不太熟悉，笨重如巨熊的年輕男子。君承瞇小眼，不太確定這人，是看不慣自己無視課程直接離去，還是出於忌妒，仰或兩者兼是。

在教練許可下，他們進行了不同於需要全副武裝的約束對練。不須戴上各種護具，僅僅是取用兩個長條狀，如護盾的防禦靶，而大多數攻擊目標都將著於兩個防禦靶，力道亦會有所收斂。

對方比君承高大許多，體重也魁梧近十公斤，外型活像頭渾圓粗壯的巨熊。

君承又在更仔細回想了一會兒，偶爾，在道館練習時，會聽見那壯漢以低沉難聽的聲音高談闊論，記得那人討厭漂亮且帶有陰柔氣質的男性。

雖然一開始，君承就知道，這邀請出自私怨。但來得正是時候，很適合此刻有著施暴衝動的自己。

「來吧。」

他毫不猶豫地接受挑釁，並舉止從容地選了要使用的防禦靶。

那傲慢的態度似乎惹惱了對方。不過，有著醜陋禿髮漩，體發狐臭的壯漢卻也只能暗暗咬牙，無聲碎念。

比試開始。起初，對手並不打算主動出擊。

君承試探性地做淺度攻擊。而對方速度雖遠不及君承，體格上的優勢卻不容忽視。幾番交手，就能明顯察覺其力道與耐打程度遠勝於君承。

對手採取被動的防禦反擊。似乎打算拉長時間來消耗君承的體力。

「這樣下去不是辦法，看來得速戰速決。」君承暗咐。

被龜縮笨重的對手逼入絕境，讓君承心中的憤怒之火更加旺盛。

他心想：為什麼跆拳道這樣以華麗足技聞名，如舞蹈般優雅的武術，卻能被這笨重對手表現的那麼糟糕呢？像是隻隨時等待撲上雌性的野獸那樣令人反感。

君承心一橫。雙腳如織成風暴半徑的戰鞭，無情地甩在對手的身上。然而，重如巨龜的防禦似乎不為所動。

對手往前壓迫，將君承逼進角落。這戰術，足是看準了，若是君承無足夠的空間施展攻擊，便無法善用將速度與空間轉為力量的優勢。就會如被鐵鍊束縛的獵豹，僅能任由手持鋼杵的獵人宰割。

君承也看出了對方意圖。受情勢所逼，他也不由自主著急起來，加速出腳，可是頻頻碰壁，始終無法突破對手的防禦。

就在一瞬間，他沒調整好呼吸，紊亂了節奏，竟然錯估時間差而和對手同時出腳。砰。

雙足頓時如兩把武具碰撞在一起。

就像是鋒利的武士刀奮力敲擊在鐵塊上。君承的右腳因反作用力扭傷了筋骨。

不妙，他心想。拉開了距離，改變了戰鬥姿勢。

大多數情形，慣用手或者慣用腳為右邊者，習慣採用左腳在前，右腳在後的戰鬥姿勢，以便能使用較長攻擊的距離將動能轉成重擊。

他現在卻換成了右腳在前，左腳在後的戰鬥姿勢。

劇烈疼痛疼得他大腦都快被撕裂開來。面對這樣嚴重的傷勢，君承是不該繼續運動的。

可是，他心底卻只想著要更快。盤算同時，已經用左腳上端旋踢攻向了對手的頭部，然而，卻未料到對手竟轉身反擊。

對手往後半圈，避開腹部要害，同時利用瞬間旋轉時產生的扭力出腳，達成了保護要害、旋轉攻擊、趁對手攻擊而無防禦露出破綻的反擊方式。

恍若戰槌般的攻勢扎實地貫進了君承的腹部。

「唔。」

君承差點以為自己要吐出內臟，但還是硬挺住了衝擊，踢中了對方的頭部——可惜吃力太淺，似乎沒有達成多大的效果。

腹部應該瘀青了，而且不輕，加上一隻腳踝也扭傷了。君承評估了劣勢，開始猶豫起該不該到此為止。

此時，對手竟笑了起來，聲音刺耳又戲謔。

「左撇子耶，不錯嘛。」

這番挑釁，著實激怒了君承。

猶如以秒差之際撲上獵物的黑豹，他於空中優雅畫出半圓。

不只是對手，連教練都來不及捕捉那瞬間的攻擊。

腳跟甩出了如荒蕪平原上新月的軌道，後旋踢劃斷了對方的鼻樑。

壯碩對手向後倒去，鼻腔噴出了血花。

眾人驚呼，教練急忙喊著助教拿出急救箱。對手摀著血流不止的口鼻惡狠狠瞪向君承，以悶聲怒嚎：「你……」

「哼。」君承冷笑。

不顧眾人眼光，君承直接脫下道服，換上牛仔褲與上衣，離開了道館。

III.

歸途對負傷的君承來說，簡直是莫大折磨。每次呼吸，彷彿都是臨終前最後的一口氣，疼痛到讓他差點昏厥。

除了胸口的瘀青，腳踝也嚴重扭傷。然而，他的性情很是倔強，寧可繼續死拖著步伐，也不用暫停休息。

好不容易回到住所，卻徘徊不前。曾經他和姊姊住在一起，不過後來，她搬至戀人家中。如今，只剩下他一人。

一股深切的寂寥感突然復甦。

他常覺得，頌揚神明最重要的藝術品，便是建築物。然而，現在多數人都輕忽了空間的重要性，多麼可惜。

他們住在三樓，一、二則是房東尚未出租的空房。

「該死。」

他伸手進口袋，驚覺自己掉了鑰匙。

仔細回想，應該是方才於道館急急忙忙更換衣服時，一甩就掉落在某處。

他當然可以回去道館尋找。不過，適才將氣氛鬧得如此僵硬，還是暫時不要回去吧……隔幾天再說。

君承仰頭打量，想起來陽臺的落地窗沒有上鎖。

「欸，看來只能爬窗了……」雖然傷勢不輕，但只是這點程度的攀爬還是沒問題，他盤算著。

「呼。」君承將背包丟在門口，稍微抖動四肢，反應有點遲鈍，但還可以吧。

可是，當真正爬上二樓時，狀況遠比他預料糟糕。胸口的瘀血壓迫得他瀕臨窒息，視線的外圍甚至泛出了黑色的粒子。

他踩在水泥屋簷，半倚著冷氣機裸露出來的部分。

手指狂顫不止，他強迫自己冷靜，施加了一些力道，卻沒想到更增添痛楚，他咬牙咒罵：

「真窩囊。」

就在同時，手機竟然響了起來。

「可惡。誰會在這種鬼時候。」

他暴躁地急著取出手機，卻沒想到，一個不穩……失足摔了下去。

「等……」

君承向下墜落。

陷入黑闇之中。

在他意識稍微清醒一點時，人已在醫院病床上了，據護士說，是鄰居叫的救護車。

護士溫柔告知。

「輕微腦震盪，右腳封閉式骨折，還有胸腔的肌肉撕裂傷。」

IV.

從那天起，他好長一段時間得待在病床。沐浴、如廁都需要他人纏扶。

而害他跌下來的那通電話，則是姊姊打來的。

當時，姊姊離開了同居的戀人，想詢問是否能搬回與君承同住。

君承的姊姊——暮嫣，是少數他真正在乎的人。他們出生於暴力家庭，父親時常毆打姊弟倆。

而暮嫣，總是會以肉身護著弟弟，當她以優美而柔軟的手腕擁抱著君承時，總會使他聯想到某種承載著深邃悲哀的幻獸羽翼。

當他們終於逃出那個家庭時，他的姊姊，流露出從未有過的激動神情。

「可是你做到了……真好。」她眼淚潰堤：「你選擇這麼做……然後，然後熬過來了。」

君承的姊姊有個女性戀人。君承從暮嫣的描述聽來，對方總是推開周遭所有人，但是，那滿是憂愁的心，必然也還在等待拯救，如果有選擇的話，亦會希望能帶著愛與平靜的活下去吧……。而暮嫣曾說過，不論她想不想這麼做，都會去愛這樣一個人，否則會感到遺憾。

就像她幻想過的那些事情，一件都沒有去嘗試，而她永遠無法知道答案。

後來，暮嫣和那名戀人分開後，又和一個叫做弘熙的男性交往，然後，又分開了，繼續和那名充滿戾氣的女子糾纏不清。

V.

姊姊又來探訪他了。依然獨自一人，而且還帶著其實君承不喜歡吃的餅乾。

「君承，你今天過得好嗎？」她拉張椅子，坐到弟弟的病床前。

「不好，一點都不好。」他冷冷回。

「因為還在氣演戲的事情嗎？」

君承緊抿嘴唇，冷哼了一聲，嚥了幾口唾液後，才又短又急促道：「都什麼年代了……左撇子還是像魔鬼之手？我活在一個野蠻人存在的部落嗎？」

「那，」她輕撫君承臉頰：「但這也不是導演的錯呀……」

暮嫣低頭，像是同時對自己囁嚅：「是呀，不是任何人的錯。」

「哼，所以我就該死？」

暮嫣頓時語塞。君承皺眉，瞥了眼面有難色的姊姊。

「妳把臉轉過來。」

她無所回應，只是瑟縮雙肩搖頭。

「轉過來。」

「嗯。」

暮嫣左臉頰印著猩紅五指。

「妳……」

君承猶豫是否看錯了，伸出指尖碰觸。

「痛不痛？」

「還好。」

她的聲音讓君承太陽穴劇痛。他強忍不適：「我看看。」

短髮下有掩蓋不住的瘀傷，像隻棲息在後頸的深紫飛蛾。

「那女人又打妳？」他的語調冷酷無比。

「嗯……」

「是不是？」

他隨著憤怒提高聲量，有若重新獲得力量的篝火，越來越加暴戾。

「我要去找她算帳！她憑什麼傷害妳？」

然而，縱然語氣粗暴，君承撫摸姊姊傷口時卻異常溫柔：「妳上次不是說，妳們分開了嗎？幹什麼再回去找她自討苦吃？」

「沒關係的。」她說。

當暮嫣聲音傳進弟弟耳中，君承視線剎那覆蓋了一層紅紗。

此時，君承才瞧見門口的人影。

她貌似久候多時，站姿端正嚴厲，眉宇間蘊著股冷峻不耐，即腰長髮凜然地閃耀著黑色光暈，彷彿那是一座孤獨乖戾的神祇雕像而非人類。

君承直覺知道那就是她，就是姊姊的昔日戀人。

「妳……」君承語帶威脅。

女子卻視若無睹，無動於衷。

這樣的態度，君承半刻也不知道怎麼回應，僅能像隻警戒的獵犬。

沒想到——

這時，女子猶如著魔的虔誠者，對著空無一物的天花板呢喃：「對，他真的像是暮嫣形容的那樣，栩栩如生。」

君承還尚未意識過來。雪姿就已經將裝有餅乾禮盒的提袋放在地板，颯然離去。

「沒關係的。」暮嫣虛弱道。

君承好一會兒沒說話，只顧瞪著女子離去的方向，對於姊姊安撫的話語則置若罔聞。

他的虹膜浮泛著淺藍與淡褐，彷彿兩道注入黑水的漩流。

紅色傷痕就像佈滿窗簾的霉斑，隨呼吸頻率忽大忽小地收縮。

但他無可奈何，只能以揮之不去的靜默反抗。

「姊姊呀，最近陷入了很大的困境。」

暮嫣繼續迷惘地叨叨絮語，君承卻依舊不打算理睬。

她終於倦了，放棄獨角戲。嘆氣問：「你在看什麼呢？」

「帕慕克，《我的名字叫做紅》。」他未將目光從書頁移開。

「如何呢？你願意和姊姊分享嗎？」她興致盎然地追問。

他終於抬起了頭，將書本倒放在床頭的木桌。

兩姊弟五官的比例十分相像。

君承思考一下說：「唉……每次，只要見到那些偉大的人，我總覺得忌妒，簡直無法相信這世界上會有和我相像到那麼該死的境界，但那個人偏偏就是存在，而且還比我這毛頭偉大。」

「你崇拜他？」

「不，是忌妒。」

他激動得睜大了雙眼。「帕慕克相信，他寫作是因為，那是他與生俱來的，是因為和老百姓不同，他不平凡，他生所有人的氣，他相信文學勝過相信世上任何一切。」

他停頓片刻，拿起保溫杯，啜了一口茶水：「那是一種習慣、一種愛好，他愛寫作的名聲，他愛所有人讀他的東西。他自稱天真的相信圖書館將永垂不朽，而他的書會永遠存在。」

暮嫣笑著說：「看來你真的很喜歡帕慕克呢。」

君承把專注轉回方才閱讀的段落。

暮嫣舒服地伸了個懶腰。

「對了。」

「什麼？」

暮嫣想了一會兒，才說：「我想到有一個朋友，她也很不喜歡出門，你們會想要寫信給彼此嗎？我可以幫你們傳遞信封喔！」

「我考慮看看。」

VI.

很少有事物會真正令君承傷心，甚至連那些可悲的厄運都無法，但是，唯獨自己的姊姊，暮嫣，總是讓君承很傷心。

這股強大的悲傷，甚至讓他無法憎恨那些暮嫣所深愛的人。

他讀著書，在訴說關於創傷。

『我們的心靈很容易被過去的創傷所控制。然而，很殘酷的，不論自我或者他人，往往都難以察覺這件事情。然後就被貼上自憐自艾的標籤，被別人認為那些悲慘的命運都是自己糟糕的性格所致……或許吧，有時候真是如此。但又可能，誰也說不定，本是好的性格造就好的人生，卻在某個環節，因為亂數而壞了步伐，就此失足墮入惡性輪迴。失了信心而受傷，受了傷而失信心。

而我所做的努力，就是希望能成為一個麥田捕手，避免那個環節出現。希望你永遠是多好的人愛著多好的人生。

所以，當你開始憂傷，我當然會跟著憂傷。』

其實暮嫣不知道，意外後，君承那本孤僻的性格更加暴怒多變，而現在，只要聽見暮嫣的聲音，視力就會產生痛苦的變化。

姊姊說話時，他的眼前就像是被塗抹紅顏料，陷入赤熱。

VII.

白晝時室內很明亮，就算無須開燈也可以閱讀，而因為寧靜，君承的專注力亦較於其他時間清晰。

可是，那無名的病狀似乎越來越嚴重。他甚至不用直接聽到暮嫣的聲音，僅僅是回想，各種不規則的紅磚色塊、幾何形便會闖入他的眼簾。

他翻著書頁。

停了下來。

不禁擔心姊姊現況。

紅色。

他繼續往後翻。

「到底要我怎麼樣？」君承暴怒地舉起書本，但依然節制住了。他放開書本，厚重紙張跌落身上時發出一記悶響。

君承以指甲用力刮著床邊欄杆的模樣，像極了一隻鐵籠中的野獸。

叩，叩。未等君承反應，訪客便擅自開門闖進。

「你常吃的那種餅乾。」

男子極高，接近一米九的身材得要彎腰才能進門，他戴著眼鏡，身穿鵝黃色上衣，聲音透著一股讓人放心的穩重感，給人印象很斯文。

令尹是君承結識的朋友中少數適合戴眼鏡的人，在君承的標準中，要找到好看的眼鏡簡直難如登天，但那骨骸、枯枝般的鏡框，偏偏像是為了令尹而量身打造的。

君承移開視線。

「你來了。」他邊看書邊不耐煩瑣眉：「欸，我說過了，不要再帶那種餅乾給我。我並不喜歡。」

令尹走得又緩又沉穩，踱步、擦拭鏡片、輕撥嘴角的動作都讓君承聯想到十七世紀的學院貴族。

他慣性半舉著手臂，用來護衛過高而易撞著物體的額角。

「你說歸說，每次還是吃光了。」

令尹是君承年幼時就結識的友人，與暮嫣同年。兩人認識也不止十年了，但君承對他的不了解卻仍相當有限。

令尹似乎也沒有刻意隱瞞，但就是不會主動提及。

兩人認識的經過，是小學時的社團課，社團課教西餐禮儀，老師是位瘦高且善於尖叫的中年女子。孩子上課抄鬧，尖叫。挑食，尖叫。餐具沒收好，尖叫。

誠然，君承回顧那段童年時，分外看不起這樣的人。就算……他們或許本來也很是脆弱，傷痕累累，靈魂承受不了風吹草動。可是，不論他再怎麼替那樣的性格尋覓藉口，他都無法說服自己那樣的人是該被憐憫的。

好像尖叫有什麼用一樣。她們不過，是想藉由傷害他人來拯救自己，真令人作嘔，君承想。

總之，這老師所帶領的社團課是周三，每逢此日，所有年級的孩子就會被打散、重組，成為數個新班級的新份子。

於是，君承認識了較年長的令尹。

當時，老師要求全班分為六組。君承四處打轉，像條孤舟，漂流於討厭與懼怕之人的注視所匯聚的狂湧中。

他很想離開這間教室，但無處可去。同時，發現也有名孩子，比君承年長點，卻盤據大桌一角，只顧在白紙上畫起蔚藍大海。

君承走過去問他：「你也找不到朋友。」

他甚至沒有抬起正在畫海的臉，淡定回應：「不急，人終究還是得來的。」他繼續塗抹：「不論他們想不想，留下來的人最後都會到這裡。」

君承當時心想：「為什麼會有那麼消極的人。」

而這件事情毫不起眼，但正因為毫不起眼，在多年後仍能被記住，代表對君承也產生了一定程度的影響。

君承把注意力拉回，他排斥回憶，回憶總讓他覺得自己一無所有。

發現令尹不知何時已坐了下來：「問你個問題。」

「請說。」他輕鬆於撕開餅乾包裝，取過塑膠盤，井然有序倒好，丟於垃圾桶的包裝切口整齊，整齊到讓人難以想像，竟不需要剪刀就能完成。

「我覺得自己很糟糕。」君承試探性道。

令尹僵直，可不像是遲疑，而更是在思考：「不像你會說的話。」

「不重要，回答我就好。」

「要我回答什麼？」

令尹點頭，叼片餅乾，將擺盤放到君承床頭後，再次陷入停頓。

他目光穿越君承，集中於窗外綠蔭，模樣宛若遭千言萬語化成的尖刺鯁噎住喉頭。隔了段時間，令尹才不疾不徐道：「我見過遠比你糟糕的人。」

「我只是想知道你的回答而已。」君承取了一片餅乾，示意令尹要否，後者舉起手掌婉拒。

只要沉默時，並不顯得尷尬，對君承而言這樣差不多就算是朋友了。

兩人繼續各自看書。君承有點浮躁，反觀令尹卻一派輕鬆，從上衣口袋取出海藍封面的筆記本，遠遠的，上面似乎書寫著拉丁文，或者西班牙文？君承分不出來。

本來，君承不打算提及關於視覺上的病況，但無奈沒人可談，猶豫很久很久，才故作淡定道：「和你說一件很麻煩的事情，我現在聽到姊姊的聲音，視線就會很不舒服。」

「舉個例子？」

「世界會像潑了紅墨水，變成一片血淋淋。」

令尹霎時凝止。只是專注瞧著君承。

「怎麼？」

「聽起來，應該是聯覺。」

「什麼？」

「簡而言之，一種感官會互相干擾的疾病。但是，我沒想到後天的因素也會造成這種症狀。」

「多說一點。」

令尹又補充許多與聯覺相關知識，不過君承似乎完全沒聽進去，見他沒心，令尹便打住了話頭。

他恬靜地望著君承，神情還是那樣溫馴有禮，卻散逸著股說不上來，令人不容質疑的壓迫感。

「欸。」君承試探性叫喊。

令尹沒有反應。

「你這樣看起來怪噁心的。」君承朝令尹扔了一片餅乾，卻被接住。「讓我想到金黃的巨蟒，好像在窺視什麼似的，隨時打算獵食，而且，是用緩慢的綑綁住，不斷勒緊，看著目標窒息那樣最痛苦的死法。」

「嗯？」令尹終於回神。

「我說，你看起來像條噁心的怪蟒。」

「聽起來不錯呀，巨蟒本來就會給予人一種，『就是那樣』的感覺，而且你知道牠雖然在西方代表伊甸園的惡魔，在東方卻可是有著神性的。」

「你說女媧的下半身是蛇嗎？」

「不止如此。」令尹將餅乾放回盤子，再度細心疊好，方方正正的，像磚頭整齊堆砌的高塔。

他邊調整餅乾擺放角度，邊道：「我們說中國人是龍的後裔，你可知道由傳說中的文獻交叉比對和考古遺跡，甚至是文字學的演變，聲韻的證據，種種推論，龍的原型極有可能是條巨蟒嗎？」

「哦？那為什麼是巨蟒？」

「因為蛇有兩個特性。」

「狠毒和冷靜嗎？」

「閉嘴聽我說完。」

令尹以從容的姿態閃過飛來的第二片餅乾，繼續道：「第一，蛇會冬眠，古人並不知道牠僅僅是睡著了，並以為牠們會死而復生。」

令尹從地上撿起餅乾，混回床頭那一盤。君承挑眉，卻沒有動作。

「很噁心。」

「第二，蛇會褪皮。當牠脫下又皺又老的死皮時，在人類眼中看起來就像是返老還童一般。」

「感謝你上了一堂歷史課。」

令尹聳聳肩，早已習慣他嘲弄的回應方式。

他繼續自言自語般，隨口提及部分中國神話的起源。而君承則自顧自地再度沉浸於書籍。

VIII.

病房只有君承一人。他放下書本，仰躺，盯著天花板發愣。並試圖驅除籠罩心頭的焦急感。若中斷持續訓練，體力非常容易流失。還有茫茫望不見前端的未來該如何是好？

他不願平凡度過庸碌的一生……但時間正是敵人，若無分秒用盡全力追逐，就會被世界拋開、被世界遺忘、被世界埋沒。

他總是很飢餓，對於名聲、完美渴求不止，但，最折磨他的，卻是另外一種飢餓，對於尊嚴的飢餓。

望著床頭擺放整齊的餅乾凝思，在腦中放映著一齣齣的電影，每個長鏡頭，每個演員的臉部特寫，每個語調每個動作，他都銘記於心。

忽然響起了敲門聲。

他不耐煩鎖眉，欲打算趕走來客時，便鑽進一名嬌小的少女。

她身穿高中制服，深黑短裙像用夜色揉成的摺扇。蹦蹦跳跳的，長髮瀟灑的恣意披肩，有著恰到好處的小小臉蛋、雛鳥般的小小胸脯、玉鉤般的小小耳輪、一對古靈精怪的水汪大眼。

「我、來、看、你、了！」她有點咬字不清，側背包包還險些撞到床角。

「辛苦了。」君承看著書本冷冷回應。

「哇，餅乾，我可以吃嗎？」雖然說是詢問，但少女已把手伸向盤子。

「吃吧。」君承嘆氣，不知道該如何應付這女孩。

他試圖繼續保持專注力在書本上。因為趕走這女孩也不是，畢竟，她就是那位見著他失去意識，替他叫了救護車的鄰居。

「妳……」

「薇薇，我叫薇薇，我記得哥哥叫作君承。」她東摸摸，西瞧瞧，又是探頭，又是翻找自己的包包。

君承頭髮長了。都亂得遮住半張臉，他用指甲撫平。同時，還在思考該拿薇薇如何是好。

「要好好感謝那救命恩人，你是我最珍惜的家人，如果真的這麼死了，我將不知道該如何是好，要好好謝謝人家。」

暮嫣曾經對君承這麼說過。

姊姊的聲音像把手術刀，讓眼前所及的器物滴滴答答地淌血。

他得轉移注意力。

曾經也有不少女孩戀上君承，澄澈的、蠻橫的、嬌生慣養的、愛好新奇刺激的、特立獨行的、大膽的、溫吞的、美麗的、不起眼的……

她們宛若玻璃櫃中的別緻洋娃娃應有盡有，甚至有人願意只為吸引他的目光而以美工刀自殘。

但是，那麼多位童話故事的公主中，卻沒有一人真正理解君承。

又或者說，以君承渴望的方式理解他。

君承再度嘆息，盤算怎樣讓語調聽來較為友善。

他瞧著薇薇，不自覺地放了一片餅乾入口，納悶是否乾脆把這也當作演員磨練的一部分算了。

「為什麼妳要跑來看我。」他百般無奈地問。

「我想想……」她像隻麻雀歪著頭片刻，旋即彈了一下響指：「你不知道救了一個人是超有成就感的一件事情嗎？我要來關注我的成就！」

君承不知道這少女在打什麼算盤，真要追問時，薇薇的側背書包忽然有了生命似地，滑稽的掙扎起來。

從袋口中探出了一顆毛茸茸腦袋。

「喵。」

是隻黑色小貓，黃澄澄雙眼估溜溜地打轉。牠抽動鬍鬚，伸出前爪想爬出書包。

「啊，醫院不能帶貓咪，牠是我偷渡進來的。」

君承安靜下來，似乎不打算理會。

「牠叫作愛爾蘭式流浪哀愁抹茶木婉清，簡稱木木。」

「喵。」

「是個女生喔！」

「嗯，好。」

「你要抱抱她嗎？」

「不要。」

「喵。」木木聲音很哀怨。

君承心不在焉敷衍，卻絲毫未減女孩高昂的興致。

「木木也要吃餅乾。」薇薇捏夾一片餅乾，就要往黑貓口中送去。

「貓不能吃那個！」君承厲聲道。

說不定，君承那瞬間的速度，比當初用後旋劃過對手的鼻樑還快。

他一手拎起小貓，一手抓住薇薇的掌心。

薇薇嚇一大跳，雙肩迅速屯縮。稍微平息心情，才些許害臊地收回了手。口中嘟囔著：「好兇。」

「那餅乾有巧克力。」君承並沒有表現出心中無奈，但緊繃面容緩和了下來：「貓吃下去應該會傷害到身體。」

她一點都沒有準備抗拒的跡象，乖順、緩慢地點晃小腦袋瓜，被拎於半空的木木則發出無辜的「喵」長聲。

薇薇想要辯駁的話語全卡在舌尖。

君承放下木木，掩飾尷尬，繼續埋首書頁。他跳過不必要的章節，又將整本書讀了三分之一。

他瞥了眼薇薇，後者正以笨拙的動作調整坐姿。

所幸很快地薇薇就恢復了元氣，雙臂勾繞木木，像朵旋轉的玫瑰輕踏舞步，沿繞病床打轉。

薇薇僅以兩、三個簡單跳步，就構成了輾轉、綿延的嶄新世界。

而這些，君承都以餘光看在眼底。

沒要多久，那孩子已經累得趴在君承床邊歇息。

君承的腿無預警疼癢起來，他從牙縫擠出「嘶」聲。回望時，薇薇則已累攤睡個安穩。

瞧著被烏髮覆蓋的側臉，他覺得薇薇很美。並非因為清新可人的外表，仰或娉婷柔美的身材那些蘊含著官能意味的種種，而是她散發的氣質，溢著不被世界哀勁所侵擾的透明。

十七歲，這年紀所有人看起來都是那麼唯美、澄澈又勇敢，沒有傷痕，充滿了好奇心與對未來的願憬。

IX.

君承陷入冥思。他反覆咀嚼著那天令尹的話語：「聯覺」。

只要耳聞姊姊聲音，眼前便彷彿覆蓋上了紅色調的濾鏡，一切瞬然轉化紅砂岩與薔薇編織的圖像。可是他不想告訴暮嫣，那樣溫柔的姊姊必定會將責任歸咎於自己，可是永遠把目光集中於書頁亦不是辦法。

他咬牙拋開想法。決定回想薇薇的一舉一動，她笑起來的模樣，賭氣時嘟起的嘴唇，如電影倒帶、快轉、定格，在君承的腦海中重複播放著。

可是搬遷於現在的住所，數來也近兩年了，為什麼對於那女孩卻完全沒有印象呢？說總是錯過，那麼當他意外時，偏偏剛好相遇，也太過巧合了。但現今想破頭也沒有結論，乾脆等暮嫣來時問問好了。

而那本書，他抱在懷裡了整天，始終沒有辦法讀完一頁。

X.

暮嫣今天再次來訪。

君承很快就察覺，她比往昔來得更為焦慮。她不斷搓摩自己手臂，彷彿一隻容易受驚的齧齒野獸。

一會兒，只顧將餅乾捏碎，規律地送入嘴裡，一會兒，又抱起雙腿瑟縮於椅上，游移不安地注視君承讀書。

而且，她身旁紫色的器物又增加了不少，甚至還塗抹了薰衣草色的指甲油。

她時而如錢幣上的肖像沉默肅穆，時而以熱情、狂喜、深愛的情緒滔滔不絕和弟弟分享生活瑣事。

君承知道姊姊的狀態很糟。而，每每她吐出話語，就像吐出一支穿刺咽喉的黃銅細針，隨著上下起伏的韻律，不斷地戳擊君承的眼球，無形的孔洞流淌暗血，染覆住了他的視野……

他的頭很疼，可體諒暮嫣的狀態也沒好到哪去，只得默默忍受。

君承抓搔藏於薄毯的手臂，唯有這樣才能壓抑斥喝的衝動。他不會傷害暮嫣的，即便需要藉由傷害自己來達成目的。

他深深吸氣，拋扔開書籍。

「姊，妳見過救了我的那個女孩嗎？」他闔著眼問。

暮嫣停下動作，思索幾秒：「還沒呢，改天得去好好謝謝人家。」

這樣呀……君承低喃。

「那女孩子，不知道為什麼我竟然沒有印象，妳有嗎？是個在我們家附近的一個鄰居小女孩嗎？現在大概是高中生了。」

暮嫣轉了轉眼珠子：「說真的，我好像沒有印象耶。」

「好吧。」

「啊！我請朋友寫了一封信給你。」暮嫣從手提包拿出信封。

「信？」

「是呀，你不記得了嗎？之前我提過一名朋友，她也很喜歡看書，而且不太出門？」

「我記得。」

君承伸手取信，樣式很樸素，而且沒有黏貼。於是，直接在姐姐面前閱讀了起來。

給君承的信：

君承，展信愉快。

很高興透過暮嫣的幫忙，可以寫信給你。我叫做子夜，雖與令姊相識不久，卻十足的投緣。

因為某種特殊的疾病，只要看見黃昏，我就會無法控制的變得暴怒異常。

醫生說，這叫做「黃昏症候群」。可能是中樞神經系統感染的後遺症，或者是頭顱外傷，我並沒有辦法太過確定。

我知道這是很遺憾的一件事情，但是為了不傷害到周遭的人，只要黃昏時，我便會花點時間看看美麗的夕陽，然後和這世界說聲晚安，一覺睡到天亮。這也導致我很不喜歡出門。

可是說來好奇妙，我也獲得了一種魔法，在睡覺時，我都會作上長長的夢，多數時候，這些夢境幾乎都與我無關，一般都是和那些我見過的人有關。但是呢，很多時候都會實現，所以我被不少人當作占卜師，不知從幾何時，這也變成了我的職業。

第一次寫信不知道說這些會不會太多了，希望你不嫌棄我囉嗦。

子夜

君承讀信時，病房很寂靜。

他緊綳表情不覺間也稍稍放鬆下來。

暮嫣默默看在眼裡，心中大石一落，又傾身湊近弟弟，興致盎然地改談最近看過的書，還有未來碩士論文的研究方向，以及她極為推崇意識流大師吳爾芙的《海浪》。

但她的聲音再度使君承感到頭暈目眩。

為了轉移注意力，君承無視姊姊，直接要了紙筆回信：

子夜女士，您好。希望姊姊的主意不至於使妳產生負擔或困擾。

我並不是個擅長寫信的人，若有冒犯懇請多加包涵。

某些緣故現在我正住院養傷，不知何時才有機會再度登上舞台。

順帶一提，我算是個尚未擁有成就的演員。

關於妳的能力與經驗我也是首次得知，這樣的病狀很奇特，有機會希望能多聽妳說些細節。

提到病狀，我近日也有些特殊疾病的困擾，希望不會永遠無法康復。

君承筆

XI.

薇薇今天扎了馬尾，在無袖細肩帶小洋裝外套了件碎花薄夾克，雖然化了點薄妝，但算是拿捏得恰到好處，不至於顯得風塵浮誇，而水藍的肩帶則從短袖的縫隙滑了出來。

「妳不用上學嗎？」君承盯著書頁說。

「木木說她想你。」傳來的回應充滿了朝氣。

「喵。」

「說真的，妳不用上學嗎？」

「我是個翹家少女。」

「算了。」

君承放棄溝通，繼續讀書：「我剛認識他沒幾個月，就發現他是個偽君子。窮的時候，說得多有理想多頭頭是道，真像是多麼大義凜然之人，想替弱勢族群發聲，可一旦成為既得利益者後，馬上見風轉舵，當走狗出力毫不保留。我猜，現在他還是差不多那德性。」

「君承哥，你的工作是什麼呀？」

「戲班子。」

「啊？」

「演戲的。」

「演戲呀……」薇薇喃喃複誦。女孩露出面對複雜習題的神情，若有所思道：「但是我更喜歡舞蹈呢。我記得我看過一部舞蹈短片好感動我。」

「嗯。」

「嗯。」她模仿君承的語調抱怨。

君承不管薇薇，繼續看書。

突然，他聽到"killing me softly with her song"的旋律。

原來是薇薇在唱歌。出乎意料地溫吞柔暖。

他輕輕勾起嘴角。

不得不承認，薇薇會讓他感到平靜。與她相處，就像將炙熱高溫的軀體投入沁藍海水。

沙、沙、沙……木木正吃著君承要求姊姊帶來的貓罐頭，很滿意地瞇起了橘黃雙眼。

薇薇搔得木木喉間咕嚕咕嚕響。

「君承哥。」

「嗯。」

「總覺得……」薇薇看著君承讀書的側臉，一本正經的說：「你非常寂寞。」

他聞言，暫緩閱讀，記好了頁碼闔上書。這才把臉龐轉向薇薇：「怎麼說？」

她伸出食指，彷彿是要點到君承的臉頰：「你討厭別人喜歡上你的原因，是單純覺得你很英俊吧？」

君承打量薇薇。模樣如尊仿真過度的大理石像。

她毫無退縮，直直瞧著君承：「你也不喜歡別人是因為你的才華，更不是因為你總是流露出哀傷的神色，或者不經意展現出來的脆弱。」

她撫娑著木木的腦袋瓜。

君承冷嗤一聲：「妳為什麼這麼說？」

像是刻意避開君承熾熱的視線，薇薇垂下頭，更加專注地梳開貓毛：「因為那些都不是喜歡或愛，是崇拜和憐憫。」

從窗外吹進午風，晃動了病房簾布。

君承默語凝視，薇薇藏在朦朧白紗中的側臉，此刻看上去，竟產生了一股不似塵世之物的夢幻感。

她倏然苦澀一笑：「我覺得君承哥應該更放鬆一點，或許就不會再過得那麼痛苦。」

君承長長一嘆。

她抱著貓微笑的模樣，忽然讓君承想起了姊姊。那溫柔、深邃，容納無數承載記憶小船的笑容，像是無窮無盡地的透明大海，帶走、吞噬了所有哀傷。

接下來幾天，君承持續與子夜通信。

令尹近日忙碌而無暇來訪，姊姊還是固定來探望君承，但最常出沒的訪客卻是薇薇和木木。奇怪的是，三人彷彿有著某種神祕默契——像經過精密表決通過後那樣，探病的時間從來不會重疊。

入夜後，病房像海底那樣安靜。

經過數周的休養，君承終於可以下床走動，他小心翼翼地撐著邊緣的扶手起身，靠向一片漆黑的窗戶，上面倒映著君承的身影。

「真慘……」

他突然覺得，藏在那優美面容下的，是多麼可恥的一顆心。無疑是根本不值擁有這一切的骯髒靈魂。他的思想、他的藝術，無論是流行、菁英式的，都不足以揭露、改變與昇華這世界的核心，簡而言之，都是浮華卻毫無意義的。

XII.

這天，暮嫣又帶著子夜的信來探望君承。

給君承的信：

君承，展信愉快。很開心這段時間與你通信。你的腳傷還好嗎？但願你能快快康復，不能隨心所欲的奔跑真的是一件很辛苦的事情。

昨天我直接趴在榻榻米上，只拉上紗窗，聽著院子的鳥叫和蟲鳴，還有自己腳背在地板上敲擊時發出啪搭啪搭的聲音。忽然很想在冬夜的酒館裡，和你喝上一杯黑麥汁。

告訴你一個祕密，你的姊姊總是偷偷和我說，你是個非常溫柔，卻很愛鬧憋扭的孩子，而這幾天從你的字句中，我很明顯感受到了那時時刻刻透出的溫暖。

不瞞你說，我有個白子堂哥，他有個要好的警官朋友，每當遇到了辦案的瓶頸，就會來詢問我的夢境占卜。

因為這陣子發生了很多事情，所以信的內容順序有點亂七八糟，希望你不要太介意。

子夜

君承將信對折，一時不知道怎麼回應，只好暫且擱置了。

不過，當他越是認真思考，卻偏偏，越是容易連結到毫無相關的事件……而那些紊亂的思緒片段，加上了連日無可行動的怨氣。

都使他變得更加鬱鬱寡歡，更常胡思亂想。

暮嫣近日拜訪君承時，氣色也很差。

而且，又都帶著君承不怎麼喜歡，可是很受其他人歡迎的餅乾。

「姊姊，妳認識一個叫薇薇的女孩嗎？」

「好像有點印象，很熟悉卻感覺又不認識耶。」她停下閱讀，吃了片餅乾：「她是誰呢？」

又是聯覺帶來的後遺症。

姊姊的聲音化作了朱砂色的窗簾、胭脂色的牆壁、檜木色的走廊……

「那個叫薇薇的女孩，」他將指甲刺進掌心：「就是打電話幫我叫救護車的鄰居。」

「哦？這麼一說。」暮嫣輕托臉頰，側頸思索，低聲道：「我想想，好像有點印象了。」

「一個高中生，有時候帶了條黑貓。」

「還是想不太起來……算了，總之，可要好好謝謝人家，我改天問問鄰居，準備禮物去拜訪好了。」

她的聲音像是血墨擴散。

君承一陣暈眩，暮嫣平常婉囀可人的語調此刻卻讓他覺得刺耳難忍。

他再次深呼口氣：「姊姊，我……」他停頓片刻，才若有所思道：「我想靜一靜，寫一封信。」

「好的。」暮嫣離去前似乎本想親吻弟弟，猶豫後，僅僅給予了輕柔擁抱，便離開了病房。

真諷刺，暮嫣曾是君承最在乎的對象，現在，他卻只想逃離她的身邊。

XIII.

給子夜的信：

子夜女士您好。

日前曾提及，我在跌落三樓，傷及腦部後，便患上了特殊的疾病——「聯覺」——聽到姊姊的聲音眼前便會如陷入染上鮮血的世界，近日更加的惡化了。起初，一切還尚可分辨輪廓，現在只要聽到她的聲音，視線便只剩下一片慘紅，這狀態令我開始害怕與姊姊相處。

倘使，若我真的感到痛苦不堪時，該何去何從？

還是別提這些好了，一時我也想不到適當的話題，便與子夜女士分享一個最近的夢境：

我夢到自己在赤色荒漠的上空飛航。

獨自駕著烤漆是暗紅色的飛機，在星宿中旅行。世界彷彿僅剩下我活著。

然而，平靜無風時，我卻沒來由地忽而下墜，落在了沙漠中央。

我選擇守在那殘骸旁，反覆抓起紅色的沙礫，然後讓它們從我的指尖流逝，說來弔詭，或許是因為在夢中的關係，我並不感到絲毫飢餓，也滴水未沾，就這麼打發著時間過了三天三夜。

那是種難以言喻的寂寞，但我還是留在原地。

因為我有種直覺，那飛機是我僅有的一切。

可是最後，就算再怎麼不願意，我還是離開了。

我瞑目，在無風的赤色沙漠中不知走了多久。

最後，來到了一座用紅砂堆砌的城市。

那就像隨處可見的街頭，只不過一切都是用暗紅色沙子所雕。

頭上戴有太陽眼鏡的矮小白人女性。

背著烏克麗麗的山羊鬍男子。

穿著皮衣的男童小帥哥。

三個披著花襯衫蹲著抽菸的瘦小工人，還有背後有著超大拉鍊的碎花洋裝女子。

穿著無袖運動內衣，拿著自拍棒四處揮舞的女子。

聽著耳機推著嬰兒車的婦人。

背著相機腳架的長髮刺青美男子。

身材豐滿，而且喜歡穿露出大片胸脯服裝的女子。

就像穿著現代服裝，捧著蛋糕盒的古典美人。正合吃一支甜筒的情侶。推著老人輪椅的傭人。

說到這裡，不知道子夜女士是否曾耳聞一個理論：夢裡所有人的面孔，其實無論妳記不記得，都是現實中曾遇過的人。

可是不知為何，在我夢中那些赤沙雕成的人們，雙眼都蒙上了布料。或者，戴著微笑的面具。

我覺得只要在這座城市，我便格格不入，走到哪都不自在。那是座奇妙的城市。在那裡，我不知不覺就會沉溺於回憶之中……可是，所有說過的話語都使我難堪。

在街道盡頭，我見著了一座雕像。是名少女。她側坐，挪了點位置的姿態溫柔婉約。看來是剛醒，正裸著身子準備抄書，從窗戶突然有意外的客人飛來，她放下紙筆，忙著拿碗餵食老鷹。

是宙斯和他的女兒，但我不解其意。

那一刻，我突然很想回家，卻發現不知道家在哪裡。於是，我說：「雖然你們真的不痛不癢。」然後醒了，而我覺得，連做了這樣的夢，都使我難堪，但為什麼會想告訴子夜女士呢？真要說我也不明白。

君承筆

XIV.

薇薇使勁得眨了眨濃密睫毛，單手用玳瑁髮飾夾好馬尾，配合著耳機流洩出來的節奏，旁若無人地微微擺動起了大膽裸露在外的肚臍。

電梯一停，她就快步奔至君承的病房。

很少見的，君承並不再看書。只是望向窗外傻愣。

「君承哥，你今天好嗎？」她取下耳機。

「嗯。」君承點點頭，這段時間，他的表情柔和多了：「如果有一天我真的離開了，妳會怎麼辦？」

「咦咦？」薇薇神色詫異：「君承哥，你別想不開啊。」

他翻了白眼，無可奈何道：「我並不是指自殺。」

「這樣呀……」薇薇沉吟半晌：「我想，那是君承哥哥的選擇，我不會有任何異議。」

薇薇把玩著木木的貓爪。

君承瞥了眼薇薇，淡淡道：「如果真的能實現，妳會想過上如何的生活？」

「我想想……像是《傷心咖啡店之歌》裡面那樣的生活吧。」

XV.

君承最後一次收到子夜來信，是剛取下石膏不久。是張空白素描紙，唯獨中央以娟秀字跡寫了行地址。他收於枕下，反覆揣想子夜會是怎麼樣的一名女子？

無數種五官在君承腦海拼湊，比例良好或不佳的，有一點瑕疵卻更加美麗的，太完美反而惹人生厭的，挑染過的長髮、毛躁的髮質、白皙但粗糙的肌膚、暗沉卻細緻的肌膚……

其實外貌對於君承來說並不是真的那樣重要。

XVI.

在準備去找君承途中，暮嫣想起了薄伽丘寫過的短篇小說。

兩名說書人來到了女王面前。其中一位說了個故事：有個青年渴望娶美麗的女子為妻，然而，女子的兄長為了考驗那青年是否為真心，提出了兩個選擇，一、先和她美麗的妹妹生活一年，其後，和市集旁那全身長滿膿瘡的乞丐婆子生活一年，而曾經對那美麗妹妹做過的事情，都得同樣對待乞丐婆子。或者，第二個選擇，先和乞丐婆子生活一年，再和美麗的妹妹生活一年，可是，所有對待妹妹的方式都不得異於乞丐婆子。

「你會怎麼選擇？」女王詢問另外一名說書人的答案。

「我選擇先和乞丐婆子生活一年，再和美麗的女子生活一年。」

「為什麼？」女王問。

「因為先苦後甘。」他答。

「可是，你應該選擇先和愛人度過一年的。」女王說：「因為事實上，愛情中的先苦後甘是不存在的。你永遠不知道之後會發生什麼事情。」

回憶完故事後，一個念頭忽然閃進暮嫣腦海，她想起來了！自己曾經聽過「薇薇」這名字。她小跑步趕上。

可是，當她一如往常走進君承的病房時，卻發現已經找不到了弟弟。

XVII.

暮嫣想起了她昔日的女戀人，雪姿。

雪姿死去的雙胞胎妹妹，也叫做「薇薇」。

五、落日和夕暮的晨星，對我發出清晰的呼喚

「門沒鎖，請進。」

子夜剛醒來。床頭放著吉本芭娜娜的《白河夜船》，裡面夾著充當書籤的乾燥扶桑，花瓣清晰的脈紋很漂亮。她披著薄外套，十指遮在唇前，模樣好似個雀躍的小女孩。

「打擾了。」身著病袍的俊美男孩站在玄關，他散發著一種奇異的氣質。

「君承。」子夜笑咪咪說：「是君承吧？」

「是。」他點點頭：「是子夜女士吧？」

這時，君承細細端詳起子夜的外貌。她有著深棕色眼眸，圓臉上有著立體的五官和極長的濃睫，白裡透紅的肌膚，身材豐腴卻不胖，長到地板的頭髮混合了金、褐、黑、紫四種顏色。還有看上去很迷人的小虎牙。

原來子夜是個混血兒，君承心想。

「別那麼見外，叫我子夜就好。進來吧，但記得脫鞋喔！」

她走到長廊底，一個拐彎轉進左方房間。

君承低頭脫鞋時，發現腳很髒，這讓他猶豫著是否該先擦拭。

他四處張望，樸拙的古風鞋櫃、簡樸的時鐘、木製的天花板、擺放整齊的女用鞋、穿鞋時坐著的矮櫃。似乎都沒有能夠擦拭的用品，於是他還是直接脫鞋踏上了榻榻米。

走廊盡頭出現了一隻狼犬。那是君承見過最大的狼犬，幾乎比尋常尺寸要大上兩三倍，簡直要填滿整個空間似的，源源不絕地散發著壓迫感。

「好大……這真的是狗嗎。」

牠在主人消失處站著，一動也不動盯著君承，彷彿是個打量來者意圖的守衛。

「啊，不要被牠嚇到了，ㄖㄖ不會隨便傷害別人的。」長廊另外一頭，傳來子夜的呼喊。

牠的視線很明顯鎖定著君承，君承回應：「子夜，妳說牠叫什麼？」

「ㄖㄖ。」

「ㄖㄖ？」君承想到認識朋友中還有人把貓取名叫「愛爾蘭式流浪哀愁抹茶木婉清」。忍不住心想，現在是流行將寵物取奇怪的名字嗎？

像是聽到君承心中埋怨似的，狼犬不懷好意地吐息。

又傳來了子夜的聲音：「如果你覺得不好發音，也可以叫牠ZZ。」

ZZ朝著主人的方向離去。

君承按照子夜指示走到了客廳，靠近紙門的地上放了一盆澄花，旁邊還有一組窯燒茶具。ZZ正乖巧在角落蜷伏著。

客廳是個採光良好的和室，沒有沙發，取而帶之是花紋典雅的坐墊，並無擺放電視與任何電子產品，唯一顯得較現代的家具只有黑膠唱片機，而桌上已經放好了食物。

「我準備了炒泡麵、炙燒鮭魚、涼拌豆芽菜、冰鎮清酒、海帶湯，你喜歡這些嗎？」

室內好香。是柑橘和檸檬香茅的氣味。

「都很喜歡，真是麻煩妳了，不好意思。」君承來到子夜身旁盤腿坐下。

「多吃點，吃完後我幫你換藥吧。」

君承有些拘謹，但不可思議的，待在子夜旁，令他十分安心。

她貌似不打算一同進食，只顧撫摸ZZ，讓手掌隱沒在灰棕狗毛中。

「希望你會喜歡。」她又說。

君承點點頭，拿起筷子每道菜都先淺嚐一口。子夜的手藝非常好，甚至超過了君承的姊姊。他很喜歡。尤其……想到這些料理都曾觸及過子夜那雙彷彿能療癒疼痛的雙手，更增添了他的食慾。

每道菜有各自特色，卻不至於搶了彼此的風采。這促使他也喝了比平時還多的清酒。

飯後他們聊天，子夜邊收拾著碗筷，邊說：「君承的身體還好嗎？」

她多彩的髮像匹五色錦緞，飄然地隨肩頭起伏。

君承受其吸引，忍不住稍微靠近了一點：「若是，只是說外傷部分，好的差不多了，但關於那個問題一直沒好。」他伸手撫摸湊頭過來的ZZ。「我不知道如果每次聽到姊姊的聲音，眼前就會變得一片猩血的問題該如何處理。」

子夜挪動步伐來到君承旁，摸了摸他的眼皮，指尖因為沾水，而變得沁涼。

「那就稍微放著不管，靜靜的等待吧。」

君承喝了口清酒，頰泛酡紅：「可是我不想，我想解決這些問題。」

「有些事是急不來的，不是哄哄你喔，是真的急不來的。」

透亮甜美的聲音，讓君承倏然萌生了一股擁抱子夜的衝動。他心底知道，子夜是不會抗拒的。不過，他還是抑制住了自己的慾望。

子夜貌似感受到了君承的心情，輕點他的鼻尖，回頭整理桌面。

而君承只是默默凝視她的一舉一動。

完成後，子夜從房間取出竹籐編成的盒子。她打開蓋子，把裡頭東西一樣樣拿出，像是在展示擺設那樣在地上整齊排好。

消毒水、繃帶、紅藥水、紗布、防水膠帶、剪刀、止痛藥、軟管藥膏……

「君承，你記得我和你說過關於我的症狀嗎？」子夜細心地替君承剪開了紗布，看到了傷口，不禁驚呼了「啊」一聲。

她用消毒水替君承搽乾淨傷口，貼上了防水膠布。

「看來，你得洗個熱水澡。」子夜以溫暖語氣道。搖搖晃晃地扶身，準備走進浴室，卻沒想到君承輕輕地拉住了她的手。

「抱歉……不自覺就。」君承放開了手。

子夜微笑：「沒關係的。」她又坐了下來，將頭枕在君承的肩上。

「可以多說點關於妳的症狀嗎？」

「嗯。」她閉上了眼：「那疾病的名字很美，叫做黃昏症候群。有些醫生說那是種阿滋海默症，不過，我覺得我的情況來說，並不是那樣。」

「是什麼？」君承閉眼。

「這個呀……說來話長，很難想像吧，我並不是天生就這樣子的，以前我也曾是個很普通的女孩，但是發生了一些事情。」

「什麼事情？」

「嗯……」子夜眉目放鬆：「幾年前的時候，我在一場同好會認識了某個男孩，其實說真的，我也不知道能不能把他稱作男孩耶。」

「怎麼說？」君承覺得肩麻了，變換姿勢，子夜讓他將頭躺在大腿上。

「當時我還有上網的習慣。我們是在一個研究『包法利夫人』的線上讀書會認識的，當時辦了一場線下聚會。」

「嗯。」君承回應，此時ZZ也湊過來，把巨大狗鼻放在子夜膝蓋的部分。

「他說他是從泰國來留學的。」她梳理著君承的鬢角。「他沒有兄弟姊妹。」

君承嗅到白玫瑰與檸檬馬鞭草，還有子夜身上發出來的好聞氣息。

他不知怎地，忽而有些想哭。

子夜以指尖，點、點、點，輕觸君承輪廓。

「很小的時候，他常會在廚房、或者床邊看見一個和自己年紀相仿的女孩，那女孩長得和媽媽很像，總是陪他玩耍，照顧著他。而當他和母親提及時，母親都會叫他閉嘴，不要再說下去了，然後，母親就會把自己關進了房間，發出了又悶又沉的哭聲。

漸漸的，隨著年紀增長，他再也看不見那個小女孩了。直到父親喪禮那天，母親才告訴了他，在自己出生前，母親曾經墮過一次胎，也就是說，他曾經有過一個兄長或者姊姊。

但這件事情並沒有對他的生活造成影響。直到他來到這裡留學。

在大學院校時，他遇見了一個很特別的短髮女孩，她總是畫著魚，總是憂鬱的望著遠方。他一直很困惑那女孩究竟是在凝視何物？終於，有次他跑去搭訕了女孩。

在他發話前，女孩便察覺了他的意圖。

她盯著他，率先露出無力的微笑。但迅速地失去了興趣，她轉動水波般的視線，將注意力投向窗外，好似一名旅人，正渴望地看著本來想去的地方。

『原來如此。』

他納悶不已，正要追問時，女孩又開口說：『你知道嗎？無論如何，血脈間是永遠感受的到彼此的。』

那是他和短髮女子唯一次對話。

那女孩說，她名叫薇薇。

從那天起，生活便不同於以往了。他患上了一種詭異病狀。時逢黃昏就會疲憊異常，他會在日落時開著車，忽然就失去了意識，或者，下課走路時，看見了夕陽便昏倒在了路邊。

這一切都是那麼不對勁。每次昏倒後，他都會在自己的床上醒來，而且除了夢，完全想不起來昨夜的記憶。但他可以隱隱感受到，曾發生了什麼不同於常理的事件。

他開始在房間發現女裝。還有口紅、假髮、粉餅。可是他不可能去購買那些自己不需要的用品。也沒有女友，為什麼會這樣呢？而且關於夢，失去意識後，他就作許許多多意義不明的夢。

而那些夢，全都關於未來。

不止如此，有幾次，路上有著做女裝打扮的跨性別公關主動和他打招呼，而且，開始有跟蹤狂尾隨他。

我們在同好會認識時，他已經染上了性病，說自己快死了。

當他和我說這故事時，我抱著半信半疑的態度。而他看了出來。

我半開玩笑的說，多麼好的能力呀，可以預知未來呢！這樣再也不會有人受傷害了，人生已經痛苦不堪，要懊悔的事情太多了。如果你不要了，給我罷！」

「最後，我並沒有去參加他的告別式。」

當子夜說完故事時，ZZ已經回到了角落打鼾。君承彷彿也可以清晰地看到了子夜敘述的那些幻象，他安靜的從下而上凝視著她的虎牙。

那少女也叫薇薇，真巧。可真有所謂的巧合嗎？然而，君承既困頓又疲憊，只想沉溺於子夜的溫柔中，所以不再多想。

子夜垂下眼簾的模樣，讓君承想到禱告中的女祭司。

君承猜不透自己在想什麼。

「去洗澡吧。」子夜忽然道。

子夜扶起君承，替他脫下衣物。兩人相互攙扶著走進浴室。當子夜豐滿的胸部磨蹭到君承的手臂時，他不禁產生了反應。

沐浴時，子夜怕濺溼衣服，也脫得只剩下內衣。

她靠著浴缸邊緣，溫柔地說：「我只要躺在沙發上，哼著Tori Amos的歌，就會忘卻怪罪我的人、忘卻沉澱的過去、忘卻兒時第一個遇見的男孩、忘卻現在的季節、忘卻所有一切……那時候我會看著窗外的黃昏，那是我墜入睡眠前的最後畫面。」

「很抱歉，那個來了，只能用手和嘴幫你。」

「沒關係。」

在黃昏餘暉中，他們赤裸擁著ZZ。子夜愛憐地撫摸著君承的額頭：「睡吧，你的明日將會又變得比今日更加璀璨。」

§

君承從病院不告而別後，他的姊姊非常積極地尋覓著。

暮嫣第一個求助的對象是前任男友弘熙。上次聽說，他有個警察朋友，或許能動用私人關係幫助尋找弟弟。

她躊躇多時，一番煎熬後，還是只能親自見上弘熙一面。畢竟有些事情於電話中難以釐清。

事實上，她害怕見到弘熙。而且，也沒有聽到對方聲音的勇氣。最後，抱持著聽天由命的心情，她去了很久以前，弘熙曾經帶她來過，名為《rebirth》的咖啡廳。

或許，在這裡找到他的機會最大，因為他曾表現出與店長十分熟識的模樣。暮嫣暗暗盤算。

她憑藉記憶行走。路過灰濛濛的教堂彩繪玻璃，她穿過點亮招牌的露天店家，遊客們在掛著靛青藍與鵝毛黃燈泡的大樹下喝著雞尾酒，店家外都是高矮不齊的吧檯，還有放置了蠟燭的長桌和長椅。掛滿盆栽的矮籬笆，到處都有音箱放著煽情浪漫的爵士樂。

當她來到店門口時，見著一位女孩，甜膩哄著貓：「來吃小魚乾。」可是貓不理她。則又出來另位一位女孩，將貓抱走，與本來坐在長條木椅的男孩並肩而坐。被搶走貓的女孩嘟起嘴，拿著小魚乾繞到兩人前方，蹲下來逗貓。

男孩似乎覺得無趣，就拎了貓回到店中，而女孩則手掌攤平著一直喊：「牠還有小魚的尾巴沒吃呢！」

見到這場景，暮嫣不禁笑了，本來緊繃的心情也稍微舒緩。

推開玻璃門時，店內竟滿是客人。一度甚至有人將視線投往暮嫣。她打量一下，應該是正舉辦著講座。

有段距離，但暮嫣可以看到，弘熙坐在投影幕前，左右則是他的兩位友人。她依稀有印象，分別叫做平要與江流兒。

她稍微挪動身軀，躲到門旁，想先聽聽弘熙說了些什麼。

「當世界剩下黑白時，對我而言一切的意義都與原本不同了。我的世界充滿了抽象與符號，像是當有人提到『椅子』時，會思考是紅色的、咖啡色的、銀色的、木頭色的，而這些都反映出了不同情緒，但對我而言，只剩下了：『是用來坐的』，還有『觸感是否舒適』，以及『它能否承載我的重量』，它散發的氣味與溫度意謂著何人曾經坐過此處……」

那一刻，他看見她了。

弘熙停滯數秒，聽眾們卻也無人催促。

暗紅、冷藍、亮橘的光暈投映在他的額與眼，再度點燃了暮嫣親吻他時的那些記憶，她避開視線，兀自找了有瓶乾燥花的窗邊位置坐下。

弘熙繼續方才的話題，但……他離開位置了。

在店裡，他以稍沉的步伐逡巡，不受拘束地來回走動。卻不時朝暮嫣所在的位置投以漠然的目光。

乍時間，暮嫣有種錯覺，彷彿店裡所有的光，都是由他所延伸出來。

他不再如以前那個純真的男孩，像是蛻變成了另外一名男人。

這念頭一出現，暮嫣忽然想要逃離這裡，她覺得自己就像個迫切需要庇護的流亡者，即使穿著難以行走的高跟鞋她也會狂奔，可能和錯愕的服務生擦肩而過，可能會撞在玻璃上後再奪門而出。

可是，她終究僅是凝望翠綠與艷紫的玻璃花瓶沉默著。

地板宛若蜜糖聚成的泥沼，讓鞋底黏膩難行。

「請問今天想喝點什麼呢？」女服務生道。

「咦？」

「不好意思，是我搞錯了嗎，客人妳點過餐了嗎？」

「啊……」

她速速掃視菜單。

「這個。」隨便指了個店內推薦。

她吐出乾澀的語句，服務生重複一遍，是杯冰玫瑰花釀。點點頭後又飄移般消失。

她的位置，不太好見著弘熙，暮嫣些許鎮靜後，拿出了筆記本。

「我……」她打算在筆記本寫下等會兒該如何請求的台詞。

筆尖沙沙。

沙、沙、沙、沙、沙。

淡光下，她覺得，雖然自己列出來的要求，只有找到弟弟一項，但每種說法都帶了幾分無理。

沙、沙、沙——

她差點要模仿雪姿，以銳利筆尖割開紙頁。

她放下筆，有種孤立無援的錯覺。

講座聽眾們的討論還在持續。毫無中斷片刻。

店裡只要安靜下來就會立刻開始吵鬧，她不好專注，心不在焉地搓擰筆記本的舊皮革封面。

她又聽到了弘熙的聲音，在笑。

於是，暮嫣不自覺朝他望去。

更加細看，他的氣質、穿著都改變不少，再也不似個男孩了，至少，不似暮嫣昔日熟識的那個男孩。

弘熙的存在是內斂且低調的，但正因為吸走了所有光線，反而更加顯眼，顯眼到勝過一股濃烈花香，一段徹響旋律。

他變了，變得受歡迎了。

聽眾們屏息凝聽，有人輕嘆，有人贊同，有人呼應。弘熙就像誤闖沙漠的旅者遭到砂礫般的群眾吞噬。可他磨練出了無畏無懼的耐心，他回覆提問，有時善辯能言，有時木然駑鈍。有興趣部分可以不歇不息，有條不紊地訴說，冷不關心的部分則如蜻蜓點水，匆匆帶過。

可是不變的，是依然永遠像個局外人。

在那期間，他的眼神，總會飄忽不定地瞟向暮嫣。

他突然說了句毫不相干的話語：「若是我的守護天使真的存在，我真想聽她告訴我，一切會變好。無須那樣焦慮。」

店裡播了楊乃文的〈女爵〉。可是到了第二段就被轉成了Billie Eilish的〈Six Feet Under.〉

暮嫣終於鼓起勇氣回看。

古井似的雙眼變得更加寂寞。她有點緊張，畢竟分手後二人便不再聯絡了，這麼唐突出現並且提出請求，被拒絕的機率應該很大吧，暮嫣想。

他注意到了。

他說了些什麼，人群開始笑，然後不再看著他，各自討論。

他起身，排開人群，踏著不確定的步伐走向暮嫣。

暮嫣看到他手臂的藍色獨角鯨。

那一瞬間，她的左耳，隱約聽見了獨角鯨哀鳴。

§

轉眼，君承來到子夜住處已達一週。

白晝時，他陪著子夜待在家中，聽著她收集的唱片。

她很喜歡Black Tape for a Blue Girl這個樂團，有著全部專輯的黑膠。

除了音樂外，子夜也喜歡微物工藝，以毛線縫了許多昔日友人，最近甚至縫了一隻君承的娃娃。

不過，她再也未曾與君承提過論壇的種種。

君承有時也會產生質疑：「妳為什麼會喜歡我？」

她總會露出美麗虎牙，淺淺柔笑：「為什麼這麼問？」

「我想知道……」他皺眉：「我的性格惡劣，說有才華，也半吊子，說外貌，我不覺得子夜妳是因為外貌的緣故……」

「啊……」她掩嘴：「因為，有缺陷，你才會發現那是真實的。而真實的事物，才值得被愛。」

「嗯……」

他表情難得平靜。

「教我，怎麼撐下去。」

她以手遮住笑容：「只要想著，我們所做的這些，在過程所保有的愛意，遠比事情本身都來得更重要啊……我們活下去，是為了那些愛意。」

「嗯。」

他們還有個甜美的儀式。

能替兩人重新注入力量。每逢午後，他們就做甜點，諸如白巧克力塔、蘋果芹菜湯、布魯日鬆餅、抹茶可麗露等，子夜會在古潤色澤的陶壺中沖入茶葉，或是研磨咖啡。然後，趁甜點仍散發熱騰騰霧氣時，用風景油畫圖案的餐具裝托，放在鋪有忘憂草餐巾的細腳長桌。

在後院舉辦下午茶會時，子夜總要披上薄毯，像一尾隱蹤的母狐，將夕陽下閃閃發亮的髮藏在布料裡頭。

只要君承嚐了甜食，子夜就會吻他。她也會央求君承說點故事，魔幻的、寫實的、悲苦的、輕柔的，但不論是怎麼樣的情節，子夜總會溫吞地碰上君承的唇，以柔軟語調打斷，希望他別作結局。

直到入睡前，君承會片刻不離的陪伴，等她像隻幼貓緊閉雙眼，發出規律細小的呼吸聲時，他才會將子夜抱入室內。接著，君承會獨自去附近的電影院。看過每部影片，從晚場，看到午夜場，從午夜場看到日出，都看完了一次，便再重看一輪。

君承偶爾還是會為太過憂傷的電影流淚，然而，他哭泣時總是面無表情。

他曾問過子夜這樣沒關係嗎？留著她一人在家。

「你這小呆瓜。」她笑了笑：「在你來之前，我一直都過著這樣的生活呀！」

「不一樣。」君承以有著漂亮紋路的木梳替她整理長髮。「因為我愛妳，所以現在不一樣了。」

「好吧，可是呀，你知道關於狼人和吸血鬼的傳說嗎？」

「什麼方面的傳說？」

「很多電影或者小說裡面呀，狼人總是吸血鬼白天的管家和護衛呢！」

「所以妳的狼人守護者是ZZ嗎？」

「對呀。」她挖了一匙布丁餵進君承口裡。「所以不用擔心我了。」

不過，偶爾子夜也會來不及入睡，一邊哭嚎一邊撕抓君承的胸膛。然後，企圖以餐刀切開手腕。

§

風鈴的聲響很是悅耳。

暮嫣和雪姿倚於木窗旁，欣賞著茶樓外的淡景。遠方煙嵐朦朧，人群在綁滿紅燈籠下的階梯緩行，隨著蜿蜒山路消失在藍色的霧氣中。

耳邊傳來定人心弦的古箏樂，卻無法使暮嫣沉澱。自從弘熙的警察友人答應協尋後，她依然沒有放下緊張感。時間越長，她的內心越是焦急。

她疲憊地闔眼，近日睡得很糟糕。入夜後，憂愁使她輾轉難眠，縱然有若屍體般靜止於床，軟墊邊緣外的世界依然不死且無情地，彷彿一片憤怒放蕩的汪洋，不斷損毀、侵擾她的心緒。

與弘熙別離後，暮嫣再次回到雪姿身邊，但兩人已不再是同居關係。

她把目光挪向雪姿，後者雙手捧茶蜷伏於角落，以緩息吹散杯中熱氣。

雪姿彷彿不情願醒來的女伶，操著一口慵懶又不耐煩的嗓音埋怨，她以指扶額，雙唇鮮紅得既嫵媚又邪惡。

暮嫣仍在掛念弟弟，她曾經為了戀人而搬離家裡。離開後，弟弟面對的，便是獨自一人開門，一個人生活，一種被遺棄的寂寞。而如今，她回到的都是那間空蕩蕩的屋子，體會那被遺棄的寂寞。

暮嫣稍稍吹涼溫香熱氣，抿了口海馬宮茶，緩緩道：「我很想君承，不知道他現在怎麼樣了。」

雪姿微仰下巴，瞪視茶具，漫不經心道：「他是一個獨立個體，擁有自己的主體性，妳渴望改變他，便是扼殺了他的一部分。」

氣泡在琥珀色的茶湯中打轉。

暮嫣無法克制地惆悵起來，那些輕飄於雪姿臉頰的光芒，凸顯了僵硬的陰影，讓她沒來由地想到心浮氣躁且喜怒無常的父親。

君承與暮嫣的父親，總是不斷在沙發上抽著菸，抽到牙根與指尖泛了黃仍不罷休，只要燈被打開，就會勃然大怒，怪罪姊弟倆逼他回家，逼他工作，逼他成為一個父親。一切無聲無息地，在家中凝聚了股混濁矛盾的死寂。

她中止胡思亂想，問：「最近準備的表演如何呢？」

「還可以，但不夠好。」她若無其事說：「反正也沒有人真的那麼在乎。」

那瞬間，她想起了弘熙，消瘦的臉覆蓋在陰翳中，憂傷的說：「我會幫妳找到君承的，但我不想再見到妳……」

§

早晨，君承醒來時，聞到客廳傳來清香與交談聲。

他緩慢起身，隱隱約約，夢中的燈在燃燒，像團紅色的火焰炙熱。依稀模糊的印象中，他遇到熟識的人。

可是當君承醒來時，才驚覺那人從來沒有出現。

當他扶著牆走過長廊時，剎時有種錯覺，這一切都只是個無限延伸的夢境。頭有點暈眩，可是他並不覺得排斥。

這刻忽然倒下去，就此長眠不醒，或許也是件不錯的事情，他心想。

當君承來到客廳，首先映入眼簾的是色澤溫潤的茶具。子夜正小心翼翼地將瑪瑙固定在銀髻上，一旁則是名全身皎白的男子在寫著書法。

「竟然是白子。」君承暗暗想。

他恰巧與子夜的視線對上。

「君承你醒啦！」子夜發語時，旁邊男子也停下了動作。

她神采奕奕放下銀髻，輕啟絳唇：「這是我堂哥，叫做江流兒。哥哥，他就是我說的君承。」

她拉長柔軟的身軀，從旁拉了張絲綢坐墊。

「來。」

君承接過，坐下後，向兩人點頭招呼。子夜與江流兒則報以微笑。

盤腿而坐後，他才注意到江流兒赤紅的雙眼。

紅色。

君承毫不掩飾地看著江流兒。

江流兒毫不掩飾地回望君承。

「希望這模樣不會嚇到你。」他目光敏銳，卻蘊含著不可思議的溫雅。「我的外表很不尋常吧？」

「不，是我的舉止失禮了。」君承點頭。

子夜見狀，挪起身，細緻、多彩的髮絲傾瀉而下。

她挨近君承，斟了帶煙的熱茶給他：「是東方美人茶喔！」

「多謝。」他點頭接過，輕吮。淡淡對江流兒說：「剛剛失禮了，會不小心盯著你看，是因為你太特別了。」

他擱筆，莞爾一笑：「是指外表嗎？」

「不、不是的，讓我想想……」君承忽而頓默，似乎在思索遣詞。

江流兒善解人意一笑，指了指自己的眼：「這個？」

「不，不是……」

「那麼？」

「抱歉，請讓我想想。」

君承依序檢視每一樣物品，硯臺、宣紙、如白化珊瑚的髮髻、成團的ZZ、高貴安靜的花苞、散落於地的書本。

他輕輕聳肩，放鬆地拿起毛筆：「沒關係的，我並不是很在意其實。」

君承笨拙點頭，遲緩得像是河中隨波漂流的植物。他些許尷尬，因為感受到了江流兒的溫和與寬容，他不習慣這樣的人。

為了化解焦躁，君承轉移注意力，他發現江流兒寫得一手好字，又問：「你寫了什麼呢？」

「一些禱告辭。」

「禱告辭？」

他心想，真不搭嘎呀，明明是使用墨與毛筆。

「介意讓我瞧瞧嗎？」

「請。」

他遞紙，一股墨香撲鼻。

「從天而降的巨大白色火舌，伴隨著青色閃電，吞噬了盜匪的隊伍。

那是神明唯一一次回應了他們的祈禱。」

他皺眉。像是瞧穿君承心事似的，江流兒說：「不嫌棄的話，希望你能收下。」

君承瞧瞧紙張，又瞧瞧江流兒。

換作他人，君承只會覺得那是種嘲諷。

可偏偏是江流兒，那個用一雙遭血淚淹沒，瞧著他微笑的男人，像是在虔誠地分享著生命寶藏祕密的男人。

他望向子夜，白皙面容若隱若現地露出明朗神色。

君承腦袋轉了幾圈，才勉強說道：「你的字寫得真好，那麼我就收下了。」

ZZ像是也懂書法似的，湊頭過來瞧瞧。

「過獎。」江流兒搖搖晃晃地扶身。「也是時候離開了。」

「等等。」君承忽然叫了他。

「怎麼了？」

他挑選不到精準的字眼。

君承改變主意：「不……沒事。抱歉。」

「沒關係。」

江流兒沒帶任何背包。他瀟灑行步，帶著輕巧的韻律別去。

模樣有若自岸邊褪去的泡沫，而硯台、茶具，頃刻間，竟變得像沉於海底多年而終於浮起的古物那樣神祕。

滲了檀木香氣的徐風和赤足走在榻榻米的「喀、喀」聲，讓君承陷入一股迷濛的陶醉狀態。

他瞧著投射在室內的自然日光，心頭忍不住又浮現姊姊低首思考的側臉。

君承其實並不認為他的症狀和聯覺有關。他手肘斜靠桌面，指節托抵側臉，凝望鏡中自己的眼睫，甚是茫然。

真正有問題的，是自己想逃避的心態吧。

說不定，放鬆，然後順著水流被沖走，也未必真是件壞事，他想。

子夜將黑膠專輯放入播放機，經過細心呵護與保養的唱針，像一把銀色的劍鋒，搔刮著騎士所環繞的長廊。

她跟著吟哼起旋律，愜意卻一絲不苟地收拾書法用具，美如長絨布的頭髮在地板發出了簌簌輕響。

「希望別見怪。」子夜將紙鎮握於掌心道。

「為什麼？」

「看到有人在這裡寫書法。」她倩笑。

「有什麼好奇怪的，路邊都會出現寫書法的人了。」君承哂道。

「也是。」子夜再次盈盈輕笑。

她巧妙遮掩寫了數十行爻辭的宣紙，沒有多說江流兒平時寫字是用來卜卦的。且江流兒寫詩，多半是悼念而非警示。

君承還在端詳江流兒的書法：「子夜。」

「怎麼囉？」

「一直不出門，不會讓妳覺得無趣嗎？」君承躺下，將頭枕在ZZ的肚子。牠稍微蠕動。

「一開始會呀。我還曾想過多養一隻鸚鵡，想和陌生人聊天，想學習星座的名字。不過……」

「不過？」

「後來就不這麼覺得了。」

「為什麼？」君承感到訝異。

「不知道在哪裡讀了什麼書。」子夜拿來了溼毛巾，細心地擦拭著君承的十指：「不過裡面提到呀，好像在非洲？還是印第安人？總之，有個宗教認為萬物皆有靈魂。」

君承沉默不語，聽著歌，等待子夜繼續說下去。

子夜輕撫君承臉頰：「他們認為呀，人作夢時，其實就是靈魂出竅了。而當靈魂在外面飄來飄去，看到的奇異景象，就是世界的本質，甚至在夢中見到的每個人其實也是他們的靈魂出竅了。而夢裡面也是有茶杯、有椅子、有唱片、有狗狗嘛，所以一定也是那些東西都有靈魂，跟著靈魂出竅了，才會在夢中看見彼此。」

「真是浪漫的想法。」他閉著眼說。

子夜悠然道：「所以每次我作了各種預知夢，我都相信是自己的靈魂在這世界本質的部分漂流著，像是每天都在旅行那樣，一點都不會寂寞。」

君承微張眼，看了子夜，知道她撒了謊，從那強行彎起嘴角的笑容中發現，她一定撒了謊。

「這樣呀……」君承瞬然覺得「夢境占卜」這行為，乍聽之下過於抽象又不切實際，卻散發著一股無以名狀的詩意。「和我說說妳都夢到些什麼好不好？」

「可以呀。」她欣喜道：「說說最近的夢好了。」

當子夜訴說夢境時，君承安睡般保持緘默。故事持續一整個下午才終了。

君承把星象圖鑑放回書堆，輕觸書脊上的浮刻文字。

子夜歪頭思考了一下，五指輪轉點拍著君承的臉頰說：「其實你的姊姊有來找過我耶，在你不告而別後。」

「是因為之前住院時，我們一直在通信的緣故嗎？」

「或許唷！」

君承終於回過了神：「那麼妳如何回應呢？」

「你的姊姊有向我詢問過你的蹤跡，但我決定這些事情還是要留給你自己決定。」她戳了戳君承的額頭：「所以我只是說，如果我有見到你，會轉達你，暮嫣在找你，或許時間到自然你就會回去了。」

「嗯。」

「還有，她留了兩張朋友舞展的票給我，推薦我可以和朋友去看一看。」

她走入房間，君承聽到拉出抽屜的聲響。子夜又立即走回來。

「給你。」她把票交予了君承：「那天妳姊姊她有事情要忙，你不會在那裡碰到她的，你邀個朋友去看吧，或者……」她頓了頓：「你回去找暮嫣，直接要求她放下事情，陪你去看吧。」

「嗯。」

君承意外地順從。

§

是夜，君承做了夢。夢中的屋裡，江流兒坐於陰影，看似正在閉眼冥思。而牆壁、家具則滿覆灰塵，兩人彷如身困一座遺忘多年的古廟。

君承仔細打量江流兒。蓬鬆白袍成了他蒼髮的延續，君承莫名好奇起江流兒雙手的氣味，也會像他們這些人一般，總帶有菸草、古龍水或者咖啡粉嗎？還是，截然不同，不食人間煙火。只有祭壇的沈香，教堂的蠟淚，火爐的線圈……

他就像一尊不曾惱怒，不曾惡夢，不曾病痛的佛像。

當君承仍在端詳江流兒時，他忽然開口：「君承。」

「嗯。」

「偶爾你會覺得，不論自己多麼努力，這世界對你真的非常刻薄。」

君承點頭，他能夠理解。

「有些事情放著不管，是會慢慢好起來的，但是，有些則相反……」

君承毫無預警地轉醒，發現子夜如幼貓般蜷縮在他的胸膛沉眠。

他注視子夜，那面容，像是在凝視著一尊埋於沙中的瓷偶。

君承不確定方才那是否真的僅為一場夢境。

他主動吻了子夜的眉宇，小心翼翼地把她挪移到床鋪，盡量不製造聲響的著衣、將票塞入口袋，然後離開她的住所。

他踏出了房間。

風與聲音忽然都變得立體了起來。他可以再次感受到深淺、遠近。以及流動的時間。

君承稍微伸展四肢，因為頭疼，骨頭的裂痕、韌帶等等……雖然，君承的傷疾幾乎是不發作了，偶爾吹到冷風時才會，可是，一痛起來就使他煩躁。所以他得慢慢來。

他往前走。步履顛簸悽慘。

君承的身體漸漸麻痺，麻痺到差點無法動彈，在街頭時，他差點萌生一種錯覺，彷彿所有事物都變得危險無比，連小巷兩旁的紅磚都隨時能致君承於死地。

他的心窩又再度感到疼痛。

「呼。」

最後，君承幾乎是用盡全力才走回了自家門口。他受傷以後就沒再回來了。沒人澆水的話，陽台的植物都枯死了嗎？那時候，還有隻毛蟲剛結了蛹，牠羽化離去了嗎？

望著日光斜照的住宅，屋簷、玻璃窗、門鈴按鈕、水泥圓柱、斑駁的白漆都散發著深不可測的陌生感。

那曾經是他和姊姊兩人住的地方，他們逃離父母的第一個居所，像是個真正的家，而姊姊離開後，卻化成了宛如載滿記憶陪葬品的孤獨墓穴，如今，遙遠地恍若沙漠中的海市蜃樓。

他手裡捏著兩張票，一想到姊姊的聲音會讓自己在舞展中陷入朱紅，腳步瞬間變得沉重無比。

不行。

他面對不了暮嫣。

還是回去子夜那裡吧，君承想，但又不想這樣逃避下去。

他踱步轉來轉去，拿不定主意。

「你在做什麼呢？」

稚嫩的聲音叫住了君承。他尚未轉頭，就認出了那熟悉的聲音。

「是某種新的體操嗎……」她又說。

他扶額，竟然又遇到了薇薇。

她戴耳機的模樣，就像大腦連接了兩條電子血管。女孩單手抱著黑貓，另外一手誇張揮舞著。

「君承哥哥！」薇薇取下耳機，抱著木木小跑步過來。

君承挑眉，想起剛剛荒唐的舉止，既尷尬又懊惱說：「不是，我只是在思考。」

「好久不見呢！」薇薇精力充沛打了招呼，甜甜笑著。

「喵。」

「妳怎麼會在這裡？」君承摸了摸木木的頭。

「我為什麼在這裡？」薇薇不可置信地歪著頭：「我是君承哥的鄰居耶！我住在附近呀！剛剛帶著木木散步時一眼就看到了你！」

「嗯。」

君承退了半步，打量起薇薇。她今天一身針織灰毛衣，頸間套了皮製黑項圈。暮嫣的臉龐忽然橫跨過君承的思緒，與眼前的薇薇交疊成一體。他從來沒發現兩人的容貌是如此神似。

乾脆，還是先不要找暮嫣吧。

「君承哥？」她揮揮手。

君承不知道哪來突發奇想，把手中的票伸到了薇薇眼前：「我記得，妳說自己很喜歡看跳舞吧？要和我一起去看舞展嗎？」

「咦？」

像沒有立即明白似的，薇薇先是看了票，又望向木木扭來扭去的尾巴，最後，盯著君承的臉狐疑地問：「這是……邀請我約會嗎？」

「……算了。」

「好啦！我去！我要去！」

「喵。」木木幫腔。

「那明天下午六點半，我在轉角的超商等妳，記得先吃晚餐。」

「好。等等，這是約會嗎？」

「不是，這是答謝。」

「謝禮？」薇薇困惑不已。但貌似……又在期待聽到什麼答案。

「妳替我叫了救護車。」

「喔。」

§

君承在轉角超商等著。

他凝視人來人往，修長白皙的雙臂，像兩條渴望傾聽心音般依偎在胸前的交纏小蛇，他背靠玻璃窗，遠遠看去，就像一尊膛前擁槍的玩具士兵。

不過，他看起來陷入沉思，視線保持低垂，瞧上去栩栩如生又難以捉摸，充滿威嚇卻又僅剩纖細，彷彿所有顫抖都將使他一碰就碎。

有些路過的女孩會想回頭多看君承幾眼。

然而，他卻無心理會。他在試圖沉澱與平衡，被壓抑在冷靜之後的不安與暴怒，就像在堅硬外殼的庇護之下，藏匿的一尾變形寄生蟲，總是在他最需要平靜之時，不懷好意地在腦袋與內臟嚙竄。

但他的模樣，在人群中的仍不動聲色，難以捉摸。

「君承哥。」

耳畔傳來呼喊，所有糾結的想法嘎然停止。

他順聲音來處望去。

薇薇著了淡妝，選擇以深藍洋裝代替小禮服，白瓷色的玉足踏著一對高跟鞋，隨婀娜盈步時而合腳，時而懸宕。頭髮則費心地盤成別緻造型，在那嫵媚頸間，有一對淚狀淺藍耳環盤旋上空，蕩漾時煞是奪目好看。

就像一葉載滿珍珠與珊瑚的畫舫。

緩慢眨了眨素描與水蠟繡出的雙眸。

一點都不似個高中女孩的裝扮。

「欸，君承哥，你怎麼穿成這樣……」

他低頭檢視，才發現自己確實很隨性，素色上衣、薄外套、牛仔褲、黑色短靴。因為君承離開醫院離開得匆忙，所以借住子夜家時，只能重新添購些簡單的衣物。仗著自己俊美，簡樸歸簡樸，卻仍不減損其體格與容貌的風采。

但君承身上的現金所剩無幾了，所以買不起更好的衣裝。

「算了……」薇薇語透失望。

她的眼睛立刻又回復光芒，一如往昔瀅潤且流彩盈溢。

兩人花了快二十分鐘才散步到會場，路上幾乎沒有交談，主要原因是君承對路線並不熟悉，所以大半時間都專注地在找路。

天氣漸漸轉涼，薇薇怕寒聳起了雙肩，君承替她披上自己的薄外套。

「謝謝……」

七點，他們終於到了。歌劇院外形雖尊貴，卻不過於鋪張奢華。

巴洛克風格大廳中央，垂吊一盞華麗的水晶玻璃燈，牆邊處處是燙金花瓣與鳥翅造型的燈罩。

室內飄散著一股冷媒夾雜肥皂水的氣味。

薇薇像隻興高采烈的小麻雀，靈巧地左顧右盼，耳墜隨她搖晃發出叮噹響聲。璀璨的光十字與光暈點綴著她。

君承倒像是見慣了這種場景，他舉止穩健、俐落大方地環顧場內男女，確實多數人皆是盛裝出席，他若有似無的藏匿住一抹冷笑。

他曾經是有機會到這裡表演的，但還是錯過了。

君承朝服務人員走去，薇薇見他跑掉，慌張跟上去，他留心到，放慢了步伐。

「請幫我們帶位。」他的態度不亢不卑，卻很客氣。

「歡迎。」

西裝筆挺的平頭男子引領他們進會場，對著票號找到了位置。

絨布座椅很舒適，有著細膩的觸面。君承和薇薇坐下時，她半挽裙擺，白淨小腿頓時若嶄露的新生幼筍竄出。

「我好期待。」薇薇道。

「就那樣吧。」

他們並肩而坐。

第一場表演是探戈。

布幕拉起時，一對舞者在掌聲中鞠躬，兩者皆有著健壯勻稱的身材與姣好面容，尤其是男舞者，輪廓突出鮮明，不同於亞洲面孔的英俊，那誇張的凹凸起伏，讓君承聯想到義大利文藝片中的主角。

君承認出了舞蹈配樂是〈Por Una Cabeza〉

緊接於激昂、狂野、且炙熱的表演後。是現代舞與現代芭蕾，薇薇都看得十分入迷。但君承只是將額角抵在指節，模樣甚是不感興趣。

他不予置評，無論內容是否令他觸動。

中場休息時，薇薇兀自消失在人群。

君承閉眼，無視環繞他的那些鞋踏聲、爭執聲、乏味的交談對白。

他回想剛才的表演，被激烈的情緒淹沒，他變得迷惘且不知道自己想要什麼，只知道自己需要靜默，偏偏下一場表演即將開始。

燈光再次暗下。

薇薇並沒有回來，他猶豫著是否該去找那女孩時，布幕上升。

君承查看簡介，舞名為〈像金閣般〉。

她現身那刻，全場陷入寂靜。

君承認出了是雪姿。

她優雅的身姿婉轉登場，像是攜著虛幻的舞伴。

雪姿拉了拉深藍的裙襬，開始舞動身子。

像是擁抱著現實中喪失殆盡、蕩然無存後重構的幻夢外形，那姿態既似靈魂超脫而出，斥滿了空間，又似合攏了雙生的軀體。

每個跳躍、旋舞、呼氣都宛若暗示著靈魂的覺醒與復甦後，以絕望之美，宰制著那隨音樂流動的四肢。

彷彿連她的長髮都擁有了意識沉醉於舞蹈中。

她的美不再侷限於官能的自戀，而是在邀請所有觀者，進入想像自我的誕生、自我的喪禮、父母性愛中孕育的自我，彷彿一切源於神性的祈禱。

她像是崩潰了肉體，與天使共舞著。劇烈起伏的胸脯有若浮現出一張哀傷的容顏，她雙手如羽翼伸展，乃是被靈魂所撥開。

像朵墨藍的薔薇，內亦是外，外亦是內。讓觀者著魔地瞧見肉眼不可所視之物。舞台恍若陷入永恆，在這氛圍中時間是散落而非縱貫的，命運既是交織亦為片段。

君承開始混沌了起來，昨日光景猶如事隔多年，昔日記憶恍若昨日，所有思緒都像攪動的浪潮顛倒失序。

他突然發現，雪姿與薇薇的樣貌相似得不可思議。

有那麼一瞬間，雪姿與君承四目交望。她的眼神透出了一絲憐憫。

散場了仍不見薇薇蹤影，君承索性自個兒擠進人群尋覓。偶然耳聞一群男女談論雪姿時聲音壓得既低又沙啞，談論她的表演多麼驚心動魄，多麼扣人心弦。

倘若知曉雪姿會對戀人施暴，他們仍會那樣讚賞與崇拜嗎？君承避開他們。

與君承擦肩而過，有天鵝長頸的少婦頻頻回頭，總是若有似無地斜瞄他淺笑。君承倒不願意有牽扯，瞇眼道：「抱歉。」

他排開人群。擋在眼前又是名濃妝豔抹，手提昂貴真皮包的肥胖女人，以菸酒嗓誇耀雪姿曾是她的學生，不過似乎是英文課堂，和舞蹈根本全然無關，但她聲稱早看出雪姿的天份與潛力。頸繞珍珠項鍊的消瘦女人，很像一棵纏滿熾熱燈泡的聖誕樹。她無視面露疲憊的丈夫，對著諂媚陪笑西裝男子道：「我兒子開始實習了，而我女兒也照我規劃的……」滔滔不絕，彷彿神經質的吉娃娃。

多數男性觀眾不知為何都感覺渾渾噩噩，臉色又乾薄又冷冰。

芭蕾禮服女孩興奮對父母尖叫：「那姊姊，好厲害好厲害喔！」差點撞著了君承。

君承默默看在眼裡。

該適可而止了，但他無法控制。

他視線暈眩，景物開始以不同頻率左右搖晃。

顱額無以名狀滾燙起來，視網膜猶如染上紅酒漬。產生聯覺的狀態，不再只有姊姊的聲音了嗎？他暴躁思索。

他一陣口乾，好像吞了滿嘴風沙。腦中彷彿塞了組閃光燈鏡頭，啪、啪、啪。紅塊持續循著穩定節奏敲打。

他忍著嘔吐衝動，勉強集中思緒，只想快點逃離會場。

君承抬頭。

薇薇靠著牆壁，十指藏於腰後，垂頭盯著鞋尖。

「妳去哪了？」他問。他極力壓抑胃酸泉湧喉頭的不適感。

她有點驚訝。

「我去洗手間，回來的時候已經開始了，工作人員就叫我先坐後面。」

他望著女孩眼眸，裡頭盡是自己的面容。

君承點了點頭，沒有多問，把外套蓋在薇薇肩上。

他們簡直逃命似的奔離會場。

與薇薇並行時，行人紛紛為抵禦冷風立起了衣領，君承卻僅僅認為那是些許清爽涼意。而人們在細雨中漫不經心散步著，他卻敏感地打起傘來。

他們一聲不吭，只是各自若有所思走著，但君承其實並不討厭這樣。就算兩人穿著並不相襯，就算男方還得半拱身軀替薇薇擋雨，再過一條街，就要抵達君承家。然而，她先停下了腳步。

「到這裡就可以了！」薇薇把外套還給君承，雙頰泛起了淡淡紅暈。「你回家時，注意安全。」

「嗯。」

她突而一踮腳尖，打算與君承互點鼻頭，但不夠高，只能磨蹭到他的臉緣。

望著君承因詫異而睜大的雙眼，薇薇淘氣呵笑。唇蜜的香氣吐息到了君承下顎。

「再見，別跟過來。」她旋身，宛若一朵腹瓣又大又美的藍睡蓮。

她像隻敏捷野貓，靈巧跳跨幾步，消失在轉角。

彷彿她遺留了一條藍色的蹤跡在空氣中，君承靜靜凝視了許久。

水滴稍稍減緩了發燒般的疼痛感。

都將近晚上十點了，天色卻還依稀殘留著日光。他選擇回到子夜住處，越是靠近，君承腳步越是加快，衣物因吸水變得黯淡，傷口也因而增加了負擔。

有兩道人影在朦朧雨中凝視著他。

風輕拂碰觸到君承，讓他又癢又疼，舉止變得僵硬。

是江流兒，另外一人不認識。陌生男子於冷風中僅穿無袖上衣，長年曝曬的雙臂呈現古銅，胸前掛著獸類牙齒作成的項鍊。

「你好。」江流兒的招呼溫文儒雅。

「小老弟，你好。」另外名男子道：「我是平要，暮嫣小姊託我們勸你回去。」
君承皺眉，語氣平淡說：「嗯。」
江流兒和平要互望一眼，同時苦笑。
君承留心到以後眉頭瑣得更緊。
「慕嫣很擔心。」平要說。
「那也不關你的事。」
君承板起臉，目光銳利得如一把點火的戰矛。
兩人眼神彷彿看穿了他的老氣橫秋僅是種偽裝，平要說：「省省吧，別賣弄那些。」
他再也無法忍受，不悅道：「關你什麼事情？」
平要斜視君承，隨時準備開口訓斥他。
他們瞪著彼此，雙雙表現出露骨的敵意。君承慣性繃緊拳心。血管中賁張的熱度令他作疼。
「沒關係，我們改天再來吧。」江流兒耐心哄勸。
氣氛劍拔弩張。
平要既無打住，也無追擊的意思。只是直瞪君承雙眼。那黯淡胸前墜飾分外刺眼。
「夠了。」江流兒拉開了平要：「我們改天再來吧。」
江流兒塞了幾張鈔票至君承掌心，在他來得及反應前，兩人已從容離去。
但江流兒瞬間猶豫了一會兒，他轉頭對平要滴咕，又走回君承眼前。在他耳邊私語。

「等等！」君承叫喊。

可是兩人早已遠去。

他垂下雙臂，頹靡地呆望。

「進來吧。」

子夜站在門口，就像在哀求那樣十指交扣。她顫抖的雙肩彷彿隨時會崩潰。

君承不知所措地看向她，腦袋盡環繞江流兒最後說的那句話……

六、那奇異的貞潔將化為泥土，而我全部的慾望亦將化為塵埃

在歷經了四十個鐘頭的飢餓，令尹終於不支倒地。

他清楚記得，那時候是週日早晨，自己正要徒步去添購畫具。其實，在當時，他身心狀態已經極差，幾乎失去了大多數知覺。

高達一米九的男人忽然應聲倒地，著實嚇到了路人。

那天早上，本來他只是出門要補充顏料。

可是，耳際卻傳來難辨真實的嘆息。

「好好照顧自己。」很多很多年以前，她曾感慨道：「如果你真的覺得我值得。」

如果你真的覺得我值得……

令尹停留了一下，需要點時間理清思緒。

同時，令尹有些頭暈目眩。他已經四十個鐘頭沒有進食了，從那次和君承會面後，他就不曾進食。

精準來說，是身體排斥著進食。

在見過那名為叫弘熙的男孩。令尹就難以克制。

他不斷想到，那男孩手上所紋的獨角鯨刺青。

只要想到那隻獨角鯨……

他清晨也嘔、半夜也嘔、進食前嘔、進食後嘔、不進食也嘔，彷彿這身軀天生就不適合存放任何事物。嘔吐時又像咳痰，又像要排出汙穢的內臟，讓他喉頭也疼，肋骨也疼。但令尹總不以為然，彷彿那只是某種劇烈奔跑後會喘不過氣的習慣。

在令尹腦裡，繚繞著不存在的女聲。

「你嚇到不少人了。」那聲音很小聲，但很近，近到彷彿吻著耳垂。

「為什麼？」他不確定是否真有開口。但擦肩而過的路人們沒反應，沒有吧。

「因為你站在同個地方一動也不動了很久。」

「這樣子，關他們什麼事？」

「因為與他們無關，所以你嚇到很多人了。」

令尹無視周遭異樣眼光，闔眼。

他能將大海的千變萬化聯想成各式各樣憂愁的姿態。

然後，灰濛濛的粒子毫無預警閃現，他螽斯般又長又有力的雙腿便倏然癱軟，「砰」一聲掉進黑暗。

路人還以為他將要死了，忍不住放聲尖叫。那一刻，他也認為自己將要死了。

他在醫院醒來，手臂插了頭皮軟針，掛著點滴。

實習醫生告訴他，他營養不良。

令尹也心知肚明，但他的心態就是僅止於「知道了」這樣而已。

他還在想君承的事情。

他無視急診室的雜音，開始思考。

那夜，天空彷彿要下雪那樣寒冷，冷到會讓人覺得寂寞。

君承打來電話，說他近日才剛看完了一場舞展後，遇到兩名勸他回去姊姊身旁的陌生人。對於這件事情，他想和令尹好好聊聊。

明明才剛入冬，前夜尚且宜人，那天的氣溫卻無預警驟降。

令尹照電話中君承給的地址尋路。他朝雙掌呵氣後來回搓著。

在低溫中，他胡思亂想了起來。電影《蝴蝶效應》中的男主角擁有回到過去的能力，只要在某個童年的時間點做出不同抉擇，他就會過上不同的人生，但是，每次都導向失敗的結局。最後，他終於找到了平衡點，獲得未知的結局。

可悲的是，令尹不知道該改變自己生命中什麼時間點，才能讓現今的人生不至於這樣落魄。

令尹看到了君承，卻有一人比他更早到達。

他瞇小眼，心想，以君承的性格，一次只會邀請一人，看來是不速之客了，大概也是他姊姊派來勸說的朋友。

那人拖著沉重的步伐，頭髮比上次兩人見面時長很多，雙頰明顯消瘦下去。

他隱約聽到那人自稱「弘熙」。

「回去吧。」弘熙說。他雙手插在口袋，巡視著君承和街道。陰鬱的眼神潛藏著極其複雜的情緒。

他的語氣威嚴冰冷。

「不，我有自己的打算。」君承用平靜口吻回應。

「記不記得你曾對我說過一句話？關於覺得自己軟弱這件事情。」

「記得。」

「你現在的行為。」他停頓下來，貌似陷入了深思。過了會兒，又說：「你現在的行為就和你曾經覺得弱小的人一樣。」

君承瞪著弘熙，兩人就這麼在刮著冷冽寒風的街道對視著。

「你完全變了。」君承說。

弘熙以不在乎的口吻說：「那是因為你還是個孩子。」

他眸中的悲傷越來越深。

「君承。」令尹忍不住打破了僵局，在與弘熙對稱的街道彼端，令尹高大的人影在地上拉出了極長的黑影。不知道觀望了多久。

「我不想干涉你們。」令尹推托鼻樑上的鏡架：「你們談吧，我下次再來。」

「沒所謂，你等我一下，我馬上就會處理好。」君承的視線依然直直鎖著弘熙。他瞇起了眼，盤算著該如何趕走這不速之客。

轉眼間，弘熙身旁又走來兩人，他們手插在大衣口袋，並肩站著。

「又是你們，看來全到了，真是勞師動眾。」君承看向最後到達的兩人，出言諷刺：「該不會等等連姊姊都蹦出來了？」

「不知好歹的傢伙，要是真是我弟弟早放著不管了。」較粗壯那人目光猙獰，嘴角卻彎起不屑笑意。

「平要。」另外一人有氣無力地制止。

竟然是白子，令尹有點出奇。

「她不會來的。」弘熙語畢，一步步靠向君承。「暮嫣……你的姊姊，非常擔心，不要讓她那麼擔心，好嗎？」聲音就像徹夜燃燒的蠟燭餘心，充滿著無可奈何的疲憊。

令尹袖手旁觀，覺得自己就像被迫浪費時間欣賞一場鬧劇。

但是，就在令尹打算一聲不吭離去時——

弘熙對君承伸長手臂，袖子向後褪去，獨角鯨魚映入了令尹的眼簾。

他見著這一幕，剎那瞪大了眼。急速的朝兩人奔去。

「等等，那隻獨角鯨？」

令尹詫異失聲，但幾消幾秒，立刻又回復了鎮靜。

其餘在場者，只是不解地盯著令尹。他又邁步往前，粗暴地攫住弘熙手腕，冷冷道：「這是什麼？」

這舉止非常唐突，然而，弘熙並無因而受到驚嚇，卻只是抿唇，繼續以悲傷眼眸望著令尹。

「告訴我，你為什麼會畫這隻獨角鯨？」他質問。

這莫名轉變，反倒換君承一時間拿不定主意自己該幫哪邊。

「放手，別那樣抓著我的朋友。」平要語帶威攝。

令尹先是將目光轉移到平要和江流兒身上，又回到君承，最後望著弘熙嘆了氣：「十分抱歉。」他鬆手：「這刺青讓我以為是熟人所畫的。」

「唉……」

君承突然一陣煩怨，覺得不論是弘熙、平要、無關緊要的江流兒，甚至令尹都礙眼無比。

「外面好冷呢……」子夜忽然出現在門口，嚇了君承一跳，為什麼沒聽到開門聲？他納悶。

「大家要進來坐坐嗎？」她披著君承的薄外套，柔聲柔氣地詢問。「啊，哥哥你也來了。」

子夜望著江流兒道。

「不，打擾您了，真不好意思。」平要客氣回應。

「對不起，造成了騷動。」弘熙道歉。

令尹對子夜做了抱歉的手勢，轉身對弘熙說：「我改天再來找你吧，現在不適合。」

「妹妹。」江流兒聲音中透著難得的嚴峻：「希望妳能勸勸這孩子，暮嫣小姊真的很著急。」

或許是錯覺，但提及「暮嫣」時，弘熙的身軀似乎微顫了一下。

所有人都在等待子夜的反應。

子夜皺起漂亮的眉宇。看起來很苦惱。

輕輕撥開髮絲，邁向前摟了君承手臂道。

「我支持君承的決定，不論最後他要不要回去，我都會支持著他。」

君承脫下大衣，包裹住子夜微微顫抖的雙肩。

「嗯。」

其餘幾人，你看我，我看妳，片刻也說不出話來。

「嗯。」弘熙嘆氣：「也是，抱歉我們太咄咄逼人了。」

「謝謝，畢竟你們是出於好意。」君承以篤定的口吻說：「但是我還是希望你們尊重我的決定。」

弘熙拍了平要與江流兒的肩膀，搖搖頭離去。兩人不發一語，跟著弘熙消失在地平線。

然後，令尹跟著離開，可是他在不遠處停下腳步，回望君承。

子夜與君承站在空蕩蕩的街道，牽著彼此，仰望一片灰濛天空。

令尹從昨日的記憶掙脫，回到病房。卻沉澱不了紊亂的思緒。可是，當他越想逃離，卻有若被挑起更深沉更巨大的食慾般，腦海反尋溯更多往事。

這很反常，但他無法克制。

「冷靜點……」他專注在儀器與點滴聲。

像兒時一樣，他假想自己是名旅人。剛爬出金色裂縫，又立刻被光芒吞沒的旅人，僅能任憑記憶洪流捲走意識與心智。

窗外有一道聲音，就像是兒時屋簷築巢的家燕。

兒時屋簷築巢的家燕……無論多麼黯淡的早晨，都可以被那藍黑色的羽翼撥開，那也是唯一能打擾還有引起他興趣的事物。

通常在餐廳吃早餐就會看見，醒來第一餐，令尹喜歡吃著淋有濃稠糖漿的鬆餅，他很享受。多數時候，父母在餐桌總會熱情談笑，即便前夜，隔壁父親的咆哮聲與母親的哭泣聲猶在耳際。

在這個家，進食就像一種快樂又賦予魔力的儀式。

凝望玄燕飛翔，他就會產生怨慕。令尹重新將思緒重新拉回當下，這家醫院他很熟悉，熟悉到使他無法信任。高中時父親在這裡被斷定為腎癌末期。先不提母親哭得多麼撕心裂肺，他是第一次，也是唯一一次見著父親哭泣。

父親哭了……。

見著內斂堅韌、富有威嚴的父親垂淚，令尹從未那樣害怕、坐立不安，也從未那樣對忍耐與默許感覺麻木。

他思緒一轉，回到現代，片段片段的，又想到那晚。

那條獨角鯨……怎麼可能？

滴答，滴答。

導入體內的營養液使他作嘔。

那叫做君承男人手上的刺青，就像令尹記憶的胎痕，怎麼可能不認得？

他再也不想待在這座病房，於是強忍疼痛，辦理出院。

令尹對辦理出院手續的印象淡薄，就像是穿越一片黃土荒原那樣模糊不清。

獨角鯨、醫院。

爸爸過世的醫院。

沒有任何跡象能解釋為何他厭食的情形越來越嚴重，雖然狀況不切實際又毫無意義，可仍持續著。

他扭轉鑰匙，入了家門。迎面而來玄關橫掛一幅佔據整面牆壁的油畫。

那幅油畫，是他自己畫的。

在荒黃、皸裂土坳中，有片渴死海洋和無數焦乾的水底生物。

寂寥荒漠、冰冷海洋、淡藍、褐黃、咀嚼、倒流、暴食、厭食。

不知道君承可好？從名為弘熙的男子出現後也失聯多時了。

他仍舊繼續凝望畫中蒸得像要化為氣體的屍體纖維，想像著千萬種荒蕪土壤所形成的色差。

令尹能將大海的千變萬化聯想成各式各樣憂愁的姿態……

一旦被那些多餘的情緒淹沒，他就與平凡人無異，那麼，他的天賦與曾經嚐受的折磨就將變得像是某種嘲笑的印記。

曾有人這麼對他說過。

「你這冷血的傢伙。把你視作朋友真是件可恥的事情。」

高中二年級時，令尹父親驟逝，死前還把遺產留給外面的女人。那女人……令尹對她印象淺薄，只記得，那女人不比自己大多少，嘴唇總是血豔，只要喝過酒後，眼睛與臉龐就會變得很紅，像是剛哭泣過一樣。

之後，他們舉家遠離令尹成長的都市。這一逃就是數載，多年來，君承幾乎成了他與那繁華盆地的最後聯繫。

再次回到這城市，沒想過竟能再見上薇薇一面，他高中時認識的雙生少女。

真的過了好多年……

久到他幾乎快要不再感到憂傷；尤其是，當那些讓人難受的形容詞和他在乎之人的名字綁在一起時。

一切，都久到他幾乎要麻木，幾乎再也不會因此感到十分憂傷。

還是個男孩時，他不如現在這樣高大、冷漠，那時他還眷戀無窮無盡的大海，相信對水面點點頭即能忘卻一切憂傷，相信海潮就像閉上眼時耳邊響起的搖籃曲，能將一切憂傷捲入最深處。

那時，還有人形容他的肌膚比女孩還白皙。

但令尹怎麼可能遺忘任何一個關於薇薇的細節。都太遠太久了，回憶曾經柔軟又模糊，輕巧又無所定形，可那些回憶現在已從水中能掬起的倒影，成了黃土中輪廓破碎的化石。

在回到這座城市的某天，他們於捷運的手扶梯擦肩而過。他往下，而薇薇往上。那時薇薇正低頭看著簡介，貌似為某些舞蹈表演的廣告，他匆促至樓梯底端，像百米衝刺那般朝薇薇回奔。

「我……」抓住她纖細手腕的瞬間，令尹甚至覺得快哭了。

她感覺很詫異又很疲憊，但仍有若水中舒綻開的花瓣般美艷動人。

「是你。」她嫣然一笑。

「抱歉……」他放手，責備自己的衝動。

他們到附近的咖啡廳聊了整個下午，薇薇態度自然，好似他們昨日才見過面那樣。

「我去當了一名學弟的模特兒，他說想要畫我。而且，他讓我想到小時候的你。」

她說她有種預感，算是履行盡與學弟的承諾，是時候該離開了，遂不告而別。

令尹緘默，只顧注視。

「你不好奇那學弟的名字嗎？」

「我不在乎。」

薇薇嘆息。她從哀愁的嘴唇吐出：「你知道我當初有多麼喜歡你嗎？」

「我知道。」

「你走了之後我有多傷心你知道嗎？」

「我知道。」令尹說：「妳會原諒我嗎？」

「沒什麼原諒不原諒的。」她淡然一笑：「你還想和我重新開始嗎？」

「想。」

令尹吻了她。

又陷入回憶了。他強行叫醒自己。不知已佇了多久。

家中一片寂寥冷清。他的手機鈴聲旋律很單調，只是幾個重複音節。

「嗯。」他接起。

「欸，你在哪？」

「住的地方。」

「你還記得今晚有表演吧？」話筒那端的男聲說，那是他上半年認識的朋友。

「記得。」

「那你可以過來了。」

「嗯。」

令尹繼續把畫看得更深。那透著輕微苦澀的側臉，恍若一張遲緩、浪漫的唱片封面。

他珍視之物毫無預警地消逝，日復一日，隨記憶潮汐越推越遠，他落後在岸邊，無法接觸無法叫喊。

刻痕卻沒有帶走，也沒有被抹滅。

雖然還有段時間，但令尹不願意繼續待在那幅畫前。

他直接出了門，往Live house而去，今夜朋友將表演，令尹允諾了主唱將會到場。

他的心緒似團黑白雜訊，卻少見地強烈。為了壓抑那股痛楚，他用指甲緊刮口袋中的威士忌瓶，伴隨痛楚上了公車。

他厭食，卻酗酒。然後再用濃郁的香水掩蓋氣味。

明明無雲，天空卻灰得像張圖畫紙。

他不自覺地在車窗擦抹出一尾金魚。

行進最長最暗的隧道時，玻璃頓而因外光變換成鏡，他的指尖則恰恰停留於一名年輕少女的眉毛倒影。

她在悠長光芒中倏然回視，雙眼深邃得像條無窮無盡通往大海的通道。

令尹遭受重擊般悶哼，但來不及轉頭，車就乍然駛離隧道，被光吞噬。

他瞳孔疼得簡直要逼出淚滴。

可他終究沒有流淚。

駐站時，少女已像泅泳進珊瑚礁的一條小魚不見蹤跡。

令尹在相隔兩個街口後下車，除了酒精他滴水未沾，卻絲毫不覺飢餓。

雖然表演差不多要開始了，但令尹也不著急，夜風難得是他喜歡的氣息，所以他走得緩慢。

他像尾漫過繁花的蟒蛇漫過人群，穿梭盈滿流彩的街頭來到表演廳口，停在單排向下的階梯，與年輕守門人四目交望。

「正在試器材啦。」半邊剃為龐克頭的男孩說，他抬挪下巴，拇指比了比黏滿團徽貼紙的黑門，動作快得彷彿一隻神經質的野貓：「他說你會來。」

他背靠牆，讓出一條走道。

「多謝。」令尹勉強擠過，進入光線不佳且煙霧瀰漫的地下室。

他聽到喧嘩人聲，不成調的撥弦，零星鼓拍。月光銀、枯葉黃、翡翠碧的螢光漆潑灑於吸音泡棉的天空和牆壁，在大理石地板拖行出捏碎糖果般的痕跡。

狂喜、懷疑、妒忌、羨慕的注視有若巨浪環繞四周，充滿每一寸空間。

「要來啦，安靜安靜。」舞臺中央，被目光簇擁的英俊少年一開口，歡呼反倒更加亢奮。他的鼻樑與雙唇靦腆得像個情竇初開的女孩，濃眉大眼卻狡黠得很，彷彿隨時準備使壞似地跳動。

「哦。」

他在癡迷、吶喊、狂熱、苦痛中獲得昇華，加冕成王。

即便令尹隱匿於奇裝異服、花枝招展的信徒中，受盡愛戴的王子仍能在黑暗中看見他。

他的視線刺穿用漂流木與鋼釘拼成的少年、吻視過鎖骨與手腕刺青的少女、迴繞上長髮蓄鬍的青年。

最後，在一團目眩神移的光芒中與令尹交會。

歌聲從他喉頭流洩而出。

化成一道清澈汞瀑。

群眾將剪影投射於光環之外，自己卻被無法轉圜、無法超越的痛苦困住。

男女追逐節奏甩髮搖肩的姿態既像細長四肢的鬼魅，又像原始匍伏的野獸。

令尹取出酒瓶，大吞一口。

身旁約莫三十歲，戴著珍珠耳環的美人瞥見，淺笑伸手要來。

她也牛飲，唇色因酒精更加泛紅，酒精從女子的嘴角淌出，她用小指擦拭，然後將酒瓶歸還時，在令尹的眼皮抹上威士忌，並點了一根涼菸退至遠處。

守門的青少年不知何時已在身旁，他認識令尹，塞來掌心尺寸的伏特加，令尹留心到那雙手滿是粗繭及傷疤。

他旋扭瓶蓋，仰頭一飲而盡，感受到血管既稀薄又虛弱，一不留神就會被混滿酒精的血液漲破。

與薇薇重逢至今數個月，期間他不再做夢了。現在薇薇如何呢？他的腦海中閃過無數揣度。上次見著薇薇，她的精神狀態非常不穩，彷彿一道邊緣散暈波紋的悲哀倒影。

他又吞了半瓶威士忌，視線斷斷續續泛出璀璨的漣漪。

令尹放任自己游走於迷離的綺思，他狂笑著，心理不斷默念：「是的，唯一能囚禁真正自由的，只有那貧乏的想像力。」

令尹赫然驚見熟悉的身形。

她的面孔彷若燈塔的光束，倏然灼照進令尹的瞳。

他瞪大纏滿血絲的眼球，痛楚不堪卻無法挪移視線。

令尹怎麼也不可能錯認，那長髮及腰，縹緲身形，無疑是雪姿沒錯。

她冷漠的神情複雜又特殊，彷彿過度繁瑣的紋路在情緒的表現上無限旋繞，越來越密集，最後又重疊回歸成一張無機面具。連面具本身都是沒有表情的。

雪姿瞟了令尹一眼，兀自踏上階梯，他激動排開人群，想要追逐，可是，酒醉卻逼迫得他步履蹣跚。

令尹踏上階梯時險些絆倒，他聽到頭頂傳來夜風與引擎的聲音，感覺自己搖搖欲墜走在鋼索，散發著孤立無援的可悲感。

雪姿站在樓梯盡頭，像道往下竄流的藍黑火焰，她匆匆瞥過令尹，倏然往旁一躍。

「別走！」

令尹伸手，卻彷彿一支渴望攜攫雲霧的枯枝，徒勞無功。

他莽撞又急迫地在車燈光源和喇叭噪音中尋覓，流通的空氣讓他稍微清醒。徘徊了一會兒，走過堆滿機車的騎樓、遍地菸頭的暗巷、貼滿海報的轉角，掃視每個能夠遮蔽幽影的地點，依然未見到雪姿。

難道那不是雪姿？他猶豫，但旋即確信自己不可能認錯。

鏗鏘，令尹不禁鬆手，揣於懷中的玻璃酒瓶跌落，轉了好幾圈後卡在水溝蓋縫。

「雪姿。」令尹又喊了一次。

這次她竟停下了腳步。

「連你都要對我說那些嗎？」雪姿說。

「什麼？」

「妳不配愛任何人，妳只愛妳和妳的舞蹈。」

「我不……」

「你對薇薇這麼說過吧？」

「嗯。」他頃刻啞然。

雪姿兀自細語，很是模糊斷續，令尹得集中心神才懂：「他們總說我美呀，但你們大概不知道，我從未這樣想過。當我跳舞，一支注湧炙熱苦痛的舞，所有人都讚美，這極其優雅純淨……然而，他們根本感受不到其中的憤怒與憂傷，甚至渴望摧毀一切來報仇的情緒。」

「什麼？」令尹無法消化雪姿的言中之意。但……她狀似根本不在乎：「人們羨慕，只因為不曾擁有，而且無從知道是什麼滋味。但他們根本不知道，在那牆後，既寂寥又虛無。」

「不管妳經歷過了什麼……」

「哼。」雪姿側身冷笑：「世人根本不知道，對某些人來說，天賦像種枷鎖，禁錮住我的身分，讓我無權選擇要成為什麼模樣的人。根本是個詛咒：我做得到，所以不得不做。就像銘刻在染色體中，而那些——迫使我成為現在這個人。」

「等等。」

他的腹部一陣痙攣，疼痛逼迫他下跪，就像臣服帝王那樣。

那股焦慮如蟻群在腸中亂竄，連胃袋都彷彿灼燒了起來。

令尹緊擰心窩，蜷伏街角。

「你還好嗎？」伴隨跺足聲，穿灰色西裝的中年男子來到令尹身旁，廉價亮面皮鞋、老太婆手帕味道的古龍水，都像一再強調那糟糕的品味。「要不要幫忙叫救護車？」

「不用。」

陌生人不再吭聲，踏著叩、叩的腳步聲遠去。

雪姿也不在那裡。

令尹見著雪姿就想到薇薇，想到薇薇就讓他心碎。

從和薇薇重逢到再次分別不到十天。期間她總是問：「從孩子變成男人的這幾年，你思念過我嗎？」

彷彿即將放聲大哭那樣緊閉眼睛。

「你有曾經突如其來的想到我嗎？」她絮語。

高中時令尹不經意和薇薇提到牛郎和織女，即便是七夕，兩顆星也無法交會。

「哦……」那時她的眼神既呆鈍又空洞。

最後一次見面，薇薇的怒顏讓她頃刻衰老，那雙眼既溼潤又滾燙，好像為了擠出沸騰的氣泡而左右顛顫。她的眉宇，她的唇角、她的鼻翼都不再年輕，不再永遠純淨、溢滿青春。她伸出尖銳指甲亟欲囚困住他，崩碎的身軀湧出海潮與淚水，甚至渴望藉由歇斯底里來控制令尹，卻盡是陡然。

令尹叫了救護車後離開，從那之後失去薇薇的音訊。

還有，為何薇薇畫的獨角鯨會刺在那男人手上？

偶然？不可能，令尹否定。所以，他究竟與薇薇有什麼關係？疑問成了千絲萬縷糾纏不清，即便令尹依循其脈絡，也瞧不出端倪。看來只剩最後一個方法了，他盤算。

令尹嗅了嗅衣服，領口和袖子沾染上小雪茄、醋栗、萊姆酒和紅茶的氣味。

他清醒不少，踏入家門即不再迷惘，摸出手機。

君承在第五次嘟聲被喚來。

「嗯。」他的聲音很平靜，像一盞不帶情緒的信號燈。

「我是令尹。」

「嗯，有什麼事情？」君承難得聲音明朗。

「你認識那個手上有著一條獨角鯨的男人嗎？」令尹問。

「嗯。」

令尹聽到君承身旁有名女子在笑，半是撒嬌似的，似乎很快樂。

「你能聯絡到他嗎？似乎是叫弘熙的人。」

「不知道，得試試看。」

「麻煩了。」

一週後，令尹循著君承的指示到了咖啡廳。

推啟門扉的瞬間，彷彿入侵洞穴深處的荊棘，吸進了所有光明與水分。綁了鮮紅髮帶的白裙女子回首觀望，她拉平雪紡紗下襬的皺褶，模樣有若盛開在海底的植物花朵。令尹認出就是將威士忌擦於他眼皮的那人。

她輕咬嫣唇，眼神漠然，手指分岔撐住彷彿隨時會碎開的下顎，將注意力拉回眼前的冰滴咖啡，貌似對令尹既無印象也無興趣。

「你好，請問一位嗎？」矮小的男店員問。

「嗯…我和人約好了。」

「那，要點餐再叫我吧。」他遞來手繪菜單。

店開著暖暖的黃燈，四處被漆為海藍色。有白浪，有綣雲。令尹在店內徘徊，掃視櫃上由凹凸不一致的書背構成的山脊。

他拖著高大身軀緩慢、悠長、又厭倦的移動著。

弘熙在角落繪畫。他事不關己瞥了令尹一眼，道：「你是令尹先生吧？」

「是。」

他停下了炭筆：「我聽說了，君承說你想找我。」

「是。」

「坦白說，啊……」他長嘆一口氣：「我不知道你透過君承想找我做什麼。而且，我也不知道，你為什麼會知道透過我可以聯絡到雪姿……你會想告訴我理由嗎？」

令尹並沒有回應。

「我想也是。」弘熙將摺好紙條遞給令尹。

「多謝。」令尹道謝，轉身正要離去。然而，冷不防地停下腳步，回頭道：「我是專程來看你一眼的。」

「是喔。」

弘熙的神情並不太在乎。

令尹回家後仰躺於地板，終日不吃不喝，只是偶爾吞點稀粥。他直瞪寫有手機號碼的字條，像是一具放置於墓穴中的陪葬品。

薇薇……

等兩人長為成人，再次相遇後，沒幾天，就決定要同居。

但一切似乎並不如預期，薇薇像是報復似的折磨著他。她變得易怒又變幻無常，動輒低喃令尹離開後苦不堪言的日子，動輒描繪著未來的幸福藍圖。

最後一晚，她蜷縮於角落叱喝。

「我怎麼可能不知道？藥物與自殘無法拯救任何人，甚至無法稍稍減輕痛苦，可是我無法抗拒，這感覺……這感覺就像……」

她的聲音越來越是微弱。

「你希望我怎麼做？」令尹問。

「別靠近我。」她哭嚎。

「所以我現在需要離開這裡嗎。」

「不准走。」

「你希望我怎麼做？」他毫無情感複誦。

「我不知道，不要問我！」她就要融進牆壁之中，監禁、毀壞、傷慟、玷汙、破碎，種種惡性字眼閃過令尹的思緒。

他害怕逗留得越久，傷害就越深。

「別這樣。」他忽然也不知所措起來。可是他不能哭不能吼不能哄不能怨，只能靜默。

令尹多想告訴她。

就像薇薇喜歡他那樣，令尹當時也喜歡著薇薇。只是一些無聊的小事，改變了他的抉擇。

在令尹高中時，父親被診斷出了癌症。

而他的父親喜歡海，所以他畫海。

薇薇沒有遵守和雪姿的諾言，總愛背著姊姊和令尹搭話，為了逗弄他而在他的海中畫上一尾尾的魚。

魚呀，令尹多麼的幼稚，魚在《詩經》中，象徵著性愛。薇薇天真的舉止，在少年當時被父親病狀產生的憂鬱所扭曲的心靈中，像是反射潛意識不守貞潔的挑逗，讓他厭煩無比。

就是那麼無聊的小事，他賭氣地選擇和雪姿告白。

也或許，他只是把自己的無能為力，找了個藉口遷怒在薇薇身上。

不，說穿了，他只是想找個理由傷害薇薇。

其實，令尹和薇薇早在高中時就偷吻過彼此。

就是那麼無聊的小事……

他對往事懊悔，懊悔到願意犧牲所有回憶只為換得另外一個結局，可悲的是他不行，其他人也不行，雖然，他不在乎其他人，他也不是其他人。

令尹的心很疼痛，可一想到對方比他疼痛，就陷入更加無窮無止的痛苦。

「我愛你。」令尹忽然說。「很抱歉，當時我在賭氣。」

「賭……氣？」薇薇瞳孔倏地縮小，掌心緊抵太陽穴，眼角隱約泛出淚水。

「對不起。」

薇薇好像終於理解了令尹的話語。

她須臾燃燒成癲狂怒火，大笑地說：「欸，現在的我呀，根本一點都不喜歡你。」

令尹靜默不語。

「我只是為了報復，才和你在一起。」

令尹仍舊靜默不語。

他要走了。

她並沒有出言挽留。令尹在等，可是，他明知她不會開口。

他悲嘆，腳步沒有慢下，準備離去。

砰。

前所未有的痛楚在令尹後腦杓炸開。他沒有料到薇薇拿起養著藍色鬥魚的玻璃缸，朝令尹砸去，他痛到了喪失理智，失手扯著對方滾下了樓。

咚。

蜜糖般濃稠的鮮紅鋪滿地板，他分不清其中有多少是自己或者薇薇的血液。

薇薇彷彿坐在玫瑰花瓣織成的地毯，只是因為哭累了而陷入酣眠。

令尹無從研判薇薇的傷勢程度，也無能為力，就像所有他不懂的事物那樣。他頭顱淌血卻依然苦撐，唯一能做的只有走至公共電話叫了救護車，離開了薇薇。

之後數百個夜，數個月，他對藍色與進食都厭惡無比。

深夜，他僵臥在床，靜靜地凝望窗子外冷冷陣雨，彷彿一個病魔纏身而等待死亡解脫的巨人。

他重複做了很多次那個夢。

他走出和薇薇共讀的高中校園，然後，進入了長長的隧道。

白砂，與淹沒白砂的河。

很矮的石柵欄外是農田、馬路，及人家。

一直走。後來有了雨。他又是男孩，又是男人。

不知道走了多久，來到公車站牌，但又似乎不是。似乎有月臺。

那些依靠自然光的月臺　白晝時被陰影所籠，而天黯就在月色之中。偶爾，螢火蟲們闖入這安靜、靜謐的小國度。

而某個女孩在那裡。

在雨中，在站牌中，有個女孩正在等待。

到這裡，他醒了　常會不自覺又去翻找信箋。

然後，他會重新抄寫，並且開始吞噬。任憑思緒化身的幽影踩踏肉體，恣意狂舞。信紙鍍滿床褥、地板、矮櫃，那些是薇薇高中時寫給令尹的日記，但並不是原稿，原稿被令尹藏了起來，所有看見的，不過是謄寫後的贗品。

「能使我真正受傷的事物非常稀少，卻都非常致命。」薇薇說。

這全部的全部，只要找對一個音節，整場夢境就會頃刻復甦。

給他的每行字句，都出自一名對愛情無限憧憬，保有信念、樂觀，且喜愛浪漫幻想的少女之手，多麼的赤裸與炙熱。

「明明有好多惱人瑣事，但想到你，我就覺得一切都明亮了起來。明明好多事情做不好，比不上別人，但想到你，我就覺得勝過世上所有的人。」

令尹會在閱讀時不自覺滴落淚珠，每當字跡因水漬暈開，令尹就會以小指割花。

在畫滿無數條鋼絲般的混亂黑線紙堆中，他輸入電話號碼，打給了雪姿。

令尹猜她不會接電話。

但出乎意料的，僅響三聲就被接起。

「喂。」電話彼端傳來冷漠嗓音。

令尹忽然啞了。

對方也躊躇了幾秒。

「是你吧。」她又說，聲音不像被吵醒，而像徹夜未眠。

令尹抬頭望鐘，二點四十五分。他呆杵半秒：「對……，是我……」

彼端傳來劇烈抽氣聲，過半晌才回應：「令尹，你打來，我不意外。」

「嗯。」

「你是想探聽薇薇的下落吧？」

「嗯。」

令尹心跳驟然加快，雪姿卻陡然沉默，他屏息以待，放縱手機螢幕上的通話時間累加。

旖旎靜謐中他們不曾交談，僅是聆聽。才不過四十分鐘，兩人卻彷彿大笑、抱怨委屈、爭執了整夜。

令尹不願打破那微妙的時刻，沉溺又享受地假想倆人在交談，他忍不住想，或許，雪姿也是。他又奢侈地幻想薇薇也在，三人依然處於情竇初開的曖昧歲月，夜裡手握話筒躺於床，在彼此耳邊呢喃。

經歷長久的靜默後，雪姿緩道：「明天下午三點，我有空。」

「好……」

通話停止。

令尹閉上眼想像，想像孤立無援，獨自前往一趟遙遠，且寂寞至極的旅程。水域凶險又寒冷，可是他別無選擇。薇薇曾為他的錨點，他卻捨棄了。

他終於安詳地睡著了，直到陽光溢滿床頭才甦醒。

他將死般難受。確實，繼續不食、不休。夜不寢，日不眠，令尹真可能就此衰竭而亡。頭顱此刻像塞進一座灼熱的沙漠，肚子忽然飢餓難耐。

他下床，套好白衣牛仔褲，按下咖啡機，赤腳走入廚房，將洋蔥拌進罐頭鱈魚肝，將白米放入木桶，下樓到超商購買食材。

回來時飯已煮熟。他把馬鈴薯切片，油炸成金黃色，並淋上混合松露油的美乃滋。

他倒了杯濃縮黑咖啡，一口飲盡，又在滾燙水中丟入豆芽、海帶和味噌。添飯後從冰箱取出前幾日朋友給的生鮭魚，仔仔細細地割成薄片，然後鋪在熱騰騰的白米飯上。

最後他把咖啡添滿，這次加入大量的焦糖和煉乳，小口小口啜飲著。他邊吃薯條，邊加熱蘋果泥，軟爛後丟入芹菜，撒上玫瑰鹽。最後，手撕了半盤冷鴨胸，在其中加進大量芝麻葉。

塑膠袋中有剛剛買的提拉米蘇、香草冰淇淋和可樂。

令尹將做好的菜餚整齊擺盤，客廳頓時充斥迷人香氣。

他瞧了瞧豔麗繽紛的桌面，確認時間，快兩點。

他聽見了薇薇的聲音：「那是暖暖的夏木，淡淡的海潮香氣。我呀，不管說服了自己多少次，有時仍會不禁幻想，難以企及的願景真的達成時，會是何等美好的景象。」

令尹低頷閉目，輕柔自語，面露少見的滿足與祥和，像個放學後剛奔跑回家，笑容燦爛的孩子。

他回憶了所有令他牢牢記住，沉醉不已的事物後，留下滿桌食物，離開了住所。

他步伐快得像礫石中形成的小溪，周遭所有事物都停止了，綠燈不再變換號誌，情侶忘情擁吻時，脫手的狗鍊盪在空中。浮空枯葉凝凍成一隻隻油畫上的飛鳥。

和雪姿約在三點，然而，現在才兩點半，她就已經站在露天石臺，手提紙袋。

消炭色澤的長髮凌空漂浮，像是被賦予了哀淒的情緒。她穿著剪裁合身的縹色套裝，未施胭脂，瞪視著令尹。

為什麼？明明是雙胞胎，兩人卻有如此大差異？令尹看著蛾翼振動般的雙眼思索。

「妳……」

令尹再也忍受不住，準備走向雪姿。

「別過來。」她一呼喊，就把令尹從失神中拉回，她的聲音讓線斷裂，讓劇痛開始。

原來雪姿也會哭泣，也會讓人覺得憔悴，令尹想。

是什麼事情能讓像雪姿那樣的人憔悴？

「薇薇死了。」她說。

他霎時一愣。

「薇薇死了？」他重複。

緩緩地，令尹才意識到雪姿的話語，悲慟鑄成的巨矛貫穿了他。

他退了幾步，失序地用指骨連叩眉宇。

叩叩叩叩叩。

他抓瘀右腕，好不容易，才搖搖晃晃維持住平衡：「是我，殺了她嗎？」

雪姿緊咬下唇，點點血斑淌出，她不懷好意地睇眼，像在躊躇該如何是好。

她清了清喉嚨：「吞安眠藥自殺的。」

是的，她心想，在墜落至地板前，薇薇就死了。

雪姿直視令尹，他回望，但她知道他已不在那裡。

「安眠藥是殺不死她的。」他囁嚅，聲音細微得要吻上耳垂才聽得清楚：「不可能的……是不可能的。」

在令尹眼中，雪姿的五官逐漸崩毀溶解。而實際上，她的表情還是一如既往，對任何事都極端厭倦，對任何事物都無動於衷似的。

「還有……」

雪姿的聲音喊住了令尹。

她從紙袋中取出一本又一本以髮圈綑好的筆記本。

「這是薇薇的日記，從遇見你到死前，還有後來在醫院寫的。」

「日記？」

令尹用力嚥了口水，他的額頭泛出汗珠，平時看上去高人一等的身軀，這時卻彷彿萎縮成了渺小胚胎。

他跨步，卻被雪姿制止：「不要過來。」

令尹停滯。

「妳看過了嗎？」

雪姿冷笑。

「我全部看過了。」她說。

接著，她從袋中取出全新的噴燄式打火機。

「妳要做什麼？」

「別過來。」

「雪姿。」

「你敢靠過來，我就一次全燒了。」

她癲狂的笑容忽然與薇薇重疊。

「你不相信？」她語調猙獰，既像夢囈又像自問自喃。

令尹的模樣，簡直像是尚未從惡夢醒來。

「裡面寫著所有關於薇薇對你的真實想法。」她推開扣蓋摔下按鈕，噴出柱狀火焰，只要稍微靠近一點，就會燒到筆記本。

令尹倒抽一口氣。不敢輕舉妄動。

「妳想要什麼？」他問。

「我……」雪姿竟驀地頹然下來：「我也不知道。」

他哀傷地望著雪姿。

「求你了，我真的不知道。」她說。

七、流露出蒼白、冰冷、如夢的笑靨

窗前點燃了一根檀香，微風輕拂，一拂就將嬝嬝白縷撩進了室內，那味道很是好聞。江流兒跪坐在矮桌旁，神態恬靜地喝著碧螺春。

一旁的子夜正托腮翻閱繪本，興致盎然地品味著關於迷失在時間中的少女的故事。

「君承還是回去暮嫣小姐那裡了呀……」江流兒語氣聽起來若有所思。

她轉頭看他。

「對呀。」子夜說。

「會寂寞嗎？」

子夜笑而不答。

「妳好久沒出門了呢。」江流兒邊磨墨，邊對子夜說：「今天忽然來訪，老實說我嚇了一跳呢。」

「其實偶爾這樣也不錯吧！」

「走來我家的路上不麻煩嗎？」江流兒問。

「不麻煩。」

她放下書本，替自個兒斟了一盞茶：「可以讓我在路上想點事情。」

「也好。」

江流兒提筆寫字。

「對了。」飲了茶，子夜吐息芬芳。

「怎麼？」

「哥哥，」子夜眨了眨水汪眼眸，說：「昨夜我做了非常棒的一個夢。」

「哦？」他正專注地用毛筆謄寫李商隱的無題詩。「妳要和我分享嗎？」

「當然！不過……」她瞇小眼，虎牙嬌巧。「我想想。」

她微笑起來，迷醉的模樣美麗撫媚。

「我夢到有個漂亮的男孩，他喜歡上了一個女孩子。那女孩是一對雙胞胎中的妹妹，但其實他本來是不敢告白，想逃避的，但他不知道哪天，忽然獲得了勇氣，和那妹妹提出了交往的要求，對方答應了！

於是兩個人相戀在一起，然後他們愛著彼此很久很久。之後那男生上了料理學校，女生本來也想跟著一起去，可是因為懷孕，不得不休學了，如此一來他們得分擔經濟壓力，導致男生晚上要去小吃攤打工，可是，兩個人雖然很辛苦，卻非常的幸福。

還有呀，雙胞胎的姊姊，後來成了知名舞團的一員，巡迴世界各地表演，與一個大她二十歲的情夫在一起。

至於，那準備要當新手爸爸的男生，打工的地方有個男孩同事，他是畫油畫的，為了籌工具費所以很努力，最近喜歡上某個短髮的顧客，正努力追求她呢！那顧客是個短髮美女，而且有個超帥的演員弟弟，常常會有一堆女粉絲追著跑。」

江流兒停下毛筆。沉寂好時刻，才淡然道：「哦？聽妳這麼說……其實我也做了一個夢。」

「我想聽。」子夜輕柔地將茶霧吹開。

「我也夢到了一個男孩，他也是喜歡上了一對雙胞胎中的妹妹，可是他實在太膽怯害羞了，以至於沒有和任何人告白，就這麼默默讓時間流逝了。

後來，因為她們都很專心用功，心無旁騖的念書，所以兩人都考上了非常好的升學學校，不過在不同地方，只好分開念書。

另外某個學油畫的男孩，雖然總是交不到女友，但因此他轉而用創作來展現自己對生命的慾望，後來開了畫展，並且在畫展中認識了一個學妹，兩人曖昧了起來。

至於沒有告白的男孩，因為太聰明所以上了大學反而被忌妒，覺得煩躁了，暫時休學到偏遠的外國去當志工。

還有某個短髮女孩，因為父親長期施暴，下定決心帶著弟弟逃離了家中，兩人在小城市中，專心經營將古典文學翻成現代戲劇的劇團。他們……」

江流兒深吸了口氣：「誰也不認識誰。」

周遭的氣氛很安靜，子夜無聲地啜茶，注視著江流兒。

她起身，表情祥和地呢喃：「這樣也好……哥哥，我先回去了。」

「嗯，我送妳回去？」

「沒關係，我想獨自散散步。」

「好。」江流兒沒有堅持。

他俯首繼續寫著李商隱的詩，聽到子夜離去時關上鐵門的聲音。

當他大功告成時，門鈴又響了。他不疾不徐放下毛筆，走至玄關。

他開門，面前站的，是個綁著馬尾的高中女孩。

「江流兒哥哥！」

「是妳呀，薇薇。」

「對呀，我帶木木來找你玩。」她把玩著懷中小黑貓的肉球。

「喵。」

「好，進來吧。」

走廊的盡頭沒開燈，他轉身步去，漸漸融入陰翳的背影，彷彿消逝在黑暗中的幽魂……

——全文完——[8]

[8] 節標題分別引用自「她走在美的色彩中」／拜倫、「成為一滴藍色的鹽而落下」／聶魯達、「覆蓋在百里香和紫苜蓿之下，終於睡著了」／賽羅汀、「珊瑚之紅遠紅於她的嘴唇」／莎士比亞、「落日和夕暮的晨星，對我發出清晰

的呼喚」／丹尼生、「那奇異的貞潔將化為泥土，而我全部的慾望亦將化為塵埃」／馬維爾、「流露出蒼白、冰冷、如夢的笑靨」／雪萊。

釀愛情06　PG2438

繁花葬禮

作　　者	班傑明
責任編輯	石書豪
圖文排版	蔡忠翰
封面設計	梳打汽水
封面完稿	劉肇昇

出版策劃	釀出版
製作發行	秀威資訊科技股份有限公司 114 台北市內湖區瑞光路76巷65號1樓 電話：+886-2-2796-3638　傳真：+886-2-2796-1377 服務信箱：service@showwe.com.tw http://www.showwe.com.tw
郵政劃撥	19563868　戶名：秀威資訊科技股份有限公司
展售門市	國家書店【松江門市】 104 台北市中山區松江路209號1樓 電話：+886-2-2518-0207　傳真：+886-2-2518-0778
網路訂購	秀威網路書店：https://store.showwe.tw 國家網路書店：https://www.govbooks.com.tw
法律顧問	毛國樑　律師
總 經 銷	聯合發行股份有限公司 231新北市新店區寶橋路235巷6弄6號4F 電話：+886-2-2917-8022　傳真：+886-2-2915-6275

出版日期	2020年10月　BOD一版
定　　價	260元

Printed in Taiwan

國家圖書館出版品預行編目

繁花葬禮 / 班傑明著. -- 一版. -- 臺北市 : 釀出版, 2020.10

面 ;　公分. -- (釀愛情 ; 6)

BOD版

ISBN 978-986-445-419-8(平裝)

863.57　　109013989

讀者回函卡

感謝您購買本書，為提升服務品質，請填妥以下資料，將讀者回函卡直接寄回或傳真本公司，收到您的寶貴意見後，我們會收藏記錄及檢討，謝謝！如您需要了解本公司最新出版書目、購書優惠或企劃活動，歡迎您上網查詢或下載相關資料：http:// www.showwe.com.tw

您購買的書名：________________________________

出生日期：________年________月________日

學歷：□高中（含）以下　□大專　□研究所（含）以上

職業：□製造業　□金融業　□資訊業　□軍警　□傳播業　□自由業

□服務業　□公務員　□教職　□學生　□家管　□其它______

購書地點：□網路書店　□實體書店　□書展　□郵購　□贈閱　□其他

您從何得知本書的消息？

□網路書店　□實體書店　□網路搜尋　□電子報　□書訊　□雜誌

□傳播媒體　□親友推薦　□網站推薦　□部落格　□其他__________

您對本書的評價：（請填代號　1.非常滿意　2.滿意　3.尚可　4.再改進）

封面設計____　版面編排____　內容____　文／譯筆____　價格____

讀完書後您覺得：

□很有收穫　□有收穫　□收穫不多　□沒收穫

對我們的建議：________________________________

____

____

____

請貼
郵票

11466
台北市內湖區瑞光路 76 巷 65 號 1 樓
秀威資訊科技股份有限公司 收
BOD 數位出版事業部

....

（請沿線對折寄回，謝謝！）

姓　　名：____________ 年齡：______ 性別：□女　□男

郵遞區號：□□□□□

地　　址：____________________________

聯絡電話：(日)____________ (夜)____________

E-mail：____________________________